U0588646

少年光阴不可轻

曾 建／著

经济日报出版社

图书在版编目（CIP）数据

少年光阴不可轻 / 曾建著. —— 北京：经济日报出
版社，2021.3
ISBN 978-7-5196-0771-5

Ⅰ．①少… Ⅱ．①曾… Ⅲ．①散文集–中国–当代
Ⅳ．①I267

中国版本图书馆 CIP 数据核字（2021）第 017562 号

少年光阴不可轻

作　　者	曾　建
责任编辑	王　含
责任校对	熊雪飞
出版发行	经济日报出版社
地　　址	北京市西城区白纸坊东街 2 号（邮政编码：100054）
电　　话	010–63567684（总编室）
	010–63584556　63567691（财经编辑部）
	010–63567687（企业与企业家史编辑部）
	010–63567683（经济与管理学术编辑部）
	010–63538621　63567692（发行部）
网　　址	www.edpbook.com.cn
E－mail	edpbook@126.com
经　　销	全国新华书店
印　　刷	成都兴怡包装装潢有限公司
开　　本	710mm×1000mm　1/16
印　　张	16.25
字　　数	250 千字
版　　次	2021 年 3 月第一版
印　　次	2021 年 3 月第一次印刷
书　　号	ISBN 978-7-5196-0771-5
定　　价	68.00 元

版权所有　盗版必究　印装有误　负责调换

自　序

世界上的知识具有整体性，看似千差万别，实则是相互联系和相互作用的，如果不能梳理出知识的历史脉络，进行融会贯通，通常就会很难理解学习的正确意义和产生对学习的真正兴趣。特别是当前"应试教育"下大量单调而重复的习题训练，相信对大多数的学生而言还是比较痛苦的。能够搭建起合理的知识框架，对知识进行纵横联系，知道其所以然和之所以然，然后用科学的思维方式不断向"广"和"深"的方向发展，树立起终身学习的习惯，无疑是一件极有益处的事情，而且越早越好。毋庸讳言，作者就是抱着上述目的为自己初中阶段的孩子写的这本书。考虑到初中学生的接受程度，本书文字尽量直白明了，以故事为载体，以时间为主线，融合了数学、物理、化学、生物等自然科学和中国历史、哲学、心理学等人文科学的内容，而且文风尽量风趣幽默，让轻松之余还能顺便烧烧脑子。总而言之，如果初中阶段学生们看得懂、喜欢看，看后觉得学有所益、学有所乐，那么作者的目的就达到了。当然，由于作者能力有限，书中肯定错误不少，一切还是以教科书为准。

2020 年 8 月 21 日

目　录

第一章　一组幽默的历史段子

说点有意思的事儿　　　　　　　　　　　　　　002
再说点有趣的事儿　　　　　　　　　　　　　　007

第二章　科学历史系列小故事

说说远古时期　　　　　　　　　　　　　　　　014
古希腊"科学之父"泰勒斯　　　　　　　　　　017
"数学鼻祖"毕达哥拉斯　　　　　　　　　　　020
古希腊"哲学之父"柏拉图、"几何之父"欧几里
　　得、"最博学的人"亚里士多德　　　　　　023
"数学之神"和"力学之父"阿基米德　　　　　027
罗马帝国的辉煌与衰落　　　　　　　　　　　　031
古阿拉伯的那些事儿　　　　　　　　　　　　　036
中世纪的四大发明　　　　　　　　　　　　　　039

天文学家哥白尼、第谷、开普勒以及"现代科学
    之父"伽利略　　　　　　　　　　　043
近代化学大师波义耳、拉瓦锡、门捷列夫　　049
"17世纪最伟大的科学巨匠"牛顿　　　　　054
爱因斯坦、普朗克和量子理论　　　　　　　058

第三章　中国历史系列小故事

三皇五帝及夏商　　　　　　　　　　　　　070
周（西周与东周）　　　　　　　　　　　　072
秦、汉（西汉与东汉）　　　　　　　　　　077
三国、西晋、五胡十六国、东晋　　　　　　083
南北朝、隋、唐　　　　　　　　　　　　　091
五代十国、西夏、辽、金、宋（北宋与南宋）　101
元、明、清　　　　　　　　　　　　　　　109

第四章　哲学历史系列小故事

苏格拉底、柏拉图、亚里士多德　　　　　　116
培根、笛卡尔　　　　　　　　　　　　　　123
斯宾诺莎　　　　　　　　　　　　　　　　129
莱布尼茨、伏尔泰　　　　　　　　　　　　134

休谟　　　　　　　　　　　　　　　　139

康德　　　　　　　　　　　　　　　　143

黑格尔　　　　　　　　　　　　　　　148

叔本华、尼采　　　　　　　　　　　　151

维特根斯坦　　　　　　　　　　　　　159

第五章　关于进化论的故事

达尔文提出了生物进化论　　　　　　　164

科学与神学的交锋　　　　　　　　　　169

"达尔文主义"内部的争论　　　　　　　174

该怎么解释"物种大爆发"现象呢?　　　178

"新拉马克主义"与"新达尔文主义"的争论　182

"现代综合进化论"解决争论了吗　　　186

难解的动物间利他行为　　　　　　　　189

社会达尔文主义和"盖亚"理论　　　　　194

第六章　聊聊心理学的知识

情绪　　　　　　　　　　　　　　　　198

人格　　　　　　　　　　　　　　　　202

感知　　　　　　　　　　　　　　　　207

意识 210

潜意识 213

人本主义 217

群体心理 222

第七章 几篇历史小品

读《论语》 品人生 226

冯道 229

丙吉 233

两难选择 239

河南及邓州抗战历史资料整理 243

一组幽默的历史段子

第一章 ◎

庄子说过，人的生命是有限的，可是知识是无限的，如果把有限的生命，投入无限的学习之中去，人会很疲惫。里面的所有段子写到哪里是哪里，写多少是多少，完全没有套路。写的任性，希望大家看的随意。没事品品茶，听听曲，赏花赏月赏秋香，生活乐无边。

说点有意思的事儿

1. 三国时期，邓州境内设有三县，分别为穰县、山都县和邓县（构林镇以南至今襄阳隆中）。诸葛亮躬耕地点准确来说就是邓州，这是不容置疑和毫无争论的史实。当然，邓州当时属南阳郡管辖，所以诸葛亮才会在《出师表》中写："臣本布衣，躬耕于南阳。"后来河南南阳与湖北襄阳两地为争诸葛亮躬耕地而吵得面红耳赤，口水横飞，纷争历千年而不止，邓州人看得也是醉了。

2. 古人特别讲究避讳。为了避李世民的讳，观世音就叫观音。月亮女神本来叫姮娥，后来避汉文帝刘恒的讳，改叫嫦娥。52万多字的《史记》里唯独没有"谈"字，因为司马迁他爸是司马谈。在宋朝，看见狗都不准叫狗，而要称其为"犬"，无他，宋高宗赵构是也。

3. 战国秦惠王有个弟弟公子疾。公子疾为人幽默风趣，足智多谋，称得上一代风流人物。美中不足的是，他因缺碘引起甲状腺肥大增生，脖子下鼓了个大包。时人戏称其为"智囊"，意思是他的智慧都在这大包里。

4. 刘备称帝但没有建国，因为人家自认汉室正统，是汉朝政权的延续，所以国号依旧为"汉"。"蜀汉"纯粹就是魏国对刘备政权的蔑称。影视作品里刘备的人马扛着"蜀"字号的旗帜东征西战的镜头，真要亮眼睛啦。

5. 唐朝滕王李元婴喜欢土木建筑，著名的滕王阁就是他主持修建的。但他经常为非作歹、鱼肉乡里，他侄子高宗李治在位的时候，依旧毫不收敛。当地有个姓裴的官员打算进京去皇上那儿告状，李元婴就安排打手在半路将老裴扒了裤子，打了一顿板子。这老裴也是个硬汉子，咬着牙带着伤继续告。李治不打算处理自己老叔，就问老裴挨了几下板子，老裴说八下，李治就赐他连升八级。出了朝门，老裴嗷嗷大哭，同僚问他怎么了，老裴说："早知道如此，我就多说几下子了。"

6. 唐朝开国"二十四功臣"之一的张亮根本不懂军事，还胆小懦弱，但算是个福将。在征高丽的时候，这个军事白痴居然把司令部设在高丽的建安城下。果然，高丽士兵一个冲锋就冲到他的大帐前边，眼看就要杀了进来。这厮吓得腿都软了，站都站不起来，只是瞪大了眼睛，呆呆地坐在床上，一句话也说不出来。手下将士见此情形，却误以为主帅胸有成竹、临危不惧，当下军心大振，战斗力顿时爆表，居然大破敌军。

7. 武则天时期，有个叫魏贞宰的官员无辜入狱，受尽了折磨，每天都在苦苦盼望着能够解脱牢狱，重见天日。

没想到，居然真的盼到了赦免的命令。看管他的狱卒听说后，先行跑来报喜。老魏听到这个消息，激动地拉住这个狱卒的手不停地流眼泪："恩公大名啊？"答曰："元忠。"老魏说："好啊，好啊，以后我就跟你叫元忠了。"出狱后果然就改名叫魏元忠。

8. 有人给宋仁宗进献了一批舞姬，宋仁宗非常高兴。这时大臣王素果断出现，讲了番 A 旁边是 S、V 旁边是 B（注意看键盘）的深刻道理。宋仁宗听后就让人把这些美女都送出宫去，并每人赏赐三百贯钱。吩咐完眼泪哗哗就下来了，真心舍不得啊！这下子王素反而不忍心了："要不先留一阵子？"宋仁宗叹了口气说："算了，等有了感情，我就更舍不得放她们走了。"

9. 宋仁宗驾崩的消息从宫中传出之后，整个京城哭声一片，人们都抢着去皇宫门外披麻戴孝，烧纸钱，为他们心中的好皇帝送终。消息传到辽国的时候，辽国的百姓也身披重孝，远近皆哭，就连辽国的皇帝都拉住宋朝使臣的手大哭着说："四十二年不识兵革矣！"能让敌我两国都如此哀悼的皇帝，可谓前无古人后无来者。

10. 清道光帝崇尚节俭，总是穿着破旧的朝服上朝。于是满朝的文武大臣上朝时也都穿着补丁摞补丁的朝服，有的官员没有旧衣服于是就拿着新衣服去旧衣铺子换旧衣服穿。旧衣服一下子供不应求，以至于旧衣服的价格一涨再涨，一套旧衣服竟然要比两三套新衣服还要贵。

11. 某日光绪皇帝和老师翁同龢闲谈，突然指着桌上的鸡蛋说："翁师傅认得此物吗？"这问题太奇怪了，弄得翁同龢摸不着头脑："当然认得，这不就是鸡蛋嘛，我也吃过啊。"没想到光绪很吃惊："此物甚是珍贵，要三十两银子一个，老师也经常吃？"老翁顿时明白这肯定是内务府玩的猫腻，赶紧圆场说："臣只有遇到祭祀祖宗的时候才吃一两个，平时不敢买。"光绪每年单单吃鸡蛋就要"吃"掉上万两白银。

12. 后唐庄宗李存勖身材高大、骁勇善战、生猛无比。奇怪的是这个刀口上舔血的粗野大汉偏偏是个文艺青年，宋词里用的不少词牌都是他原创的。而且词风走的居然是婉约派的路子，相当的有脂粉味。大家品品他写的世界上第一首如梦令：曾宴桃源深洞，一曲舞鸾歌凤。长忆别伊时，和泪出门相送。如梦，如梦，残月落花烟重。

13. 房玄龄的老婆卢氏相当彪悍。房玄龄年轻的时候，有一次得了重病，就和卢氏说："我怕是不行了，要真是病重死了，你年轻貌美，不要亏待了自己，找一个好人就嫁了吧。只是希望你能照顾好我的家人后代。"卢氏听完之后泪流满面，居然一咬牙把自己的一颗眼珠子剜了出来，发毒誓说自己一定会从一而终，绝对不会做任何让老公不放心的事。后来房玄龄贵为大唐宰相，却特别怕老婆，对老婆百依百顺，虽说是事出有因，也算是有情有义了。

14. 雍正年间，有个官员得了抑郁症，吃不下饭，睡不着觉，找了几位大夫，药吃了一堆却不见效。后来慕名到一位老名医堂上就诊，老名医像模像样地号了会儿脉，翻了翻眼珠子，查了查舌苔，然后一本正经地说："你啊，得了月经不调之症。"官员大怒之下，扔句"荒唐"拂袖而去。过后这个官员一想起来这事儿就暗中笑个不停，没想到笑了几次，病居然好了。

……

"下面呢?"

"呃，下面……有！有！有！果断有!"

再说点有趣的事儿

就不废话了，上菜，上酸菜。

1. 公元 1042 年，北宋与西夏之间爆发定川寨之战，北宋大败。西夏军打到泾州时，有个姓滕的知州沉着应战，动员百姓共同守城，为北宋的军事调动赢得了时间，最终击退了西夏军。战后知州大设牛酒宴犒劳士兵，又按当时风俗，在寺里为死亡的士卒祭神祈祷，并厚以钱粮抚恤遗属，使人心得以安定下来。第二年，滕知州因功调入京城，但被人弹劾"滥用公使钱"。于是乎"庆历四年春，滕子京谪守巴陵郡"。他的朋友时任邓州知州范仲淹受其邀请写出一篇传世名作《岳阳楼记》。文章开头写"政通人和，百废俱兴"，其实是用来告诉大家：滕子京是干出成绩后才重修名胜古迹岳阳楼的，可不是乱花钱哦。

2. 有人赠给李东阳（大明四朝老臣，立朝 50 年，柄国 18 载）一匹骏马，李东阳不缺坐骑就又把它转送给好友陈师召骑着上下朝。不料第二天，陈师召又把此马还给了李东阳："我原来骑的马上朝回来的路上能做成六首诗，而今天骑这匹马却只能做成二首诗，由此可见这不是匹好马。"这个奇葩理由把李东阳雷得外焦里嫩："这分明是马脚力好，走得快啊，亲！"陈师召想了想"也对"，就又骑着马走了。

3. 古人写诗就像现代人发微信、刷微博，不管是什么阶层的人都能整两句。宋初的时候小吏的俸禄普遍比较低，生活很是清贫，于是就有很多人写诗自嘲。北部边境三鸦镇有个小吏天天吃藕，于是作诗道："二年憔悴在三鸦，无米无钱怎养家？每日三餐都是藕，看看口里长莲花。"苏州羊肉太贵，吴中地区一小吏诗曰："平江九百一只羊，俸薄如何敢买尝？只把鱼虾供两膳，肚皮今作小池塘。"还有一首诗写道："东瓯倦客又西征，路入芝田已绝腥。每日三餐都是笋，看看满腹万竿青。"这些诗内容浅显，朗朗上口，反映了当时基层小吏的生存现状。有些诗后来传到朝廷，皇帝听后说："如此下去，怎么去要求下面人的品行呢？"于是下令大臣们尽快拿出方案，从基层开始涨工资。

4. 唐朝有个叫张利涉的官员，记性差，经常拎不清。一次他白天在家里睡大觉，猛然醒过来骑上马就向州里飞奔，猛敲刺史邓恽的府门。进门就拜倒在地痛哭流涕地说道："听说您要处死我，这是为什么呢？"邓恽莫名其妙："哪有这事啊！"老张鼻涕一把泪一把地说道："您就别瞒着我了，人家某某都告诉我了。"邓恽以为某某挑拨中伤，遂勃然大怒将某某捉来杖刑。某某被打得糊里糊涂，咬牙切齿地发毒誓说根本没有说过这样的话。老张这时候突然醒过劲来了，对邓悝说："停，停，快别打了！想起来了，我是在梦里听到他说的这句话的。"

5. 西汉的时候，各地的绣衣直使权力很大，往往争相使用酷行，草菅人命。但担任魏郡绣衣直使的王贺执法宽松，捉到的人大多都被他放了，并因此被罢职免官。朋友去探望他，王贺却笑着说："我听说能救活千人，他的子孙就有被封侯的；如今因为我而活命的在万人以上，我的后代一定会很兴旺的。"果然，王贺的家族后来显赫一时，甚至达到"刘、王共天下"的地步。他的后代中有个叫王莽。

6. 王莽可能是个穿越者，他的所作所为明显超越了当时的时代。他认为买卖奴婢有违于"天地之性人为贵"的大义，下令不准买卖，从而彻底地废除了奴隶制；他实施了土改：宣布土地国有，禁止土地买卖，按照每个男丁一百亩的标准进行分配；他创造了专卖制度：酒、盐、铁器由政府专卖，防止商人操作市场；他还制定了政府收购价：食粮布帛之类日用品，在供过于求时，由政府按照保护价收买，求过于供时，政府即行卖出，以阻止物价上涨；他还在长安城中投资建设了 5 个住宅小区，共 200 个廉租房供贫民居住；而最最明显的穿越证据是他居然亲自发明了精密仪器——游标卡尺，从原理、结构、性能来看，他的游标卡尺同现代的游标卡尺十分相似，比西方早了 1700 多年。

7. 武则天执政时信奉佛教，于是下旨严禁屠宰。当时的御史娄师德有一次出使陕州，用餐时当地负责接待的厨师上了盘羊肉。娄师德绷着脸严肃地问道："圣上严禁杀生，你这里为何还有羊肉可吃？"厨师答道："这是一只被狼咬死的羊，不吃掉就浪费了。"娄师德笑眯眯地说："呵呵，这只狼真是太懂事了！"

8. 唐玄宗非常宠信太监高力士，高力士一时权倾朝野。高力士的父亲去世时，文武百官把这看成一个表现机会，都争先恐后去吊唁。左金吾大将军程伯献和少府监冯绍正更是与众不同——这两个家伙披头散发地到灵前长跪不起，号啕大哭。因为表演过于卖力，死了亲爹的高力士居然被当场逗笑。旁边的人私下嘀咕："这两个是皇帝派来逗你的吗？"

9. 古人也流行"呵呵"，大文豪苏东坡就经常用。他写信给好友："近作小词，虽无柳七郎风味，亦自是一家。呵呵。"显然是颇为得意。他写信教钱穆父做菜："不敢独味此，请依法做，与老嫂共之。呵呵。"这就明显属于"卖萌"了。他与僧人佛印是好朋友，两人经常互相开玩笑。一次苏东坡到寺里找佛印，但佛印外出不在，就问寺里的小沙弥："秃驴何在？"没想到小沙弥恭敬地答道："东坡吃草。"此处也只能"呵呵"了。

10. 宋时苏州有个官员叫陆东。有一次他判决一个罪犯黥刑（在脸上刻字的一种刑罚），刻上的字是"特发配某地某州"。幕僚看见后赶紧提醒他说："'特'字表示朝廷出于特殊的考虑才这样刻，地方官是没有这个权力的。"

陆东闻听此言大吃一惊，马上命人把"特"字改掉。这个倒霉的罪犯结果受了两次黥刑。后来，陆东的朋友在吏部郎中石中立面前推荐他，石笑道："这个陆东我早听说过了，不就是那个在犯人脸上打草稿的家伙嘛。"

11. 五代时，冯道与和凝同在中书省任职。一天两人坐着闲聊，聊着聊着冯道翘起了二郎腿。和凝一看，牛尾巴拍苍蝇——巧了，冯道脚上穿的靴子居然和自己的一模一样。就问："您的靴子多少钱买的啊？"冯道回答说："九百。"和凝一听火冒三丈："坑爹啊，我买的靴子花了一千八百！"正准备画个圈圈来诅咒鞋店老板全家时，冯道却又慢悠悠地抬起另一只脚说："这只也是九百。"

12. 安禄山出生在邓州，这事在唐代范摅所著的《云溪友议》上有记载。唐朝的人写唐朝的事，应该还有点靠谱，当然，后面的事情就有些玄乎了。书中记载邓州刺史李筌（精通周易，著有《黄帝阴符经疏》）某日夜观星象，突然发现东南方有异象。李筌掐指一算，大叫不好，第二天就连忙带着侍从向邓州城东南方查看，结果发现有个放羊的胡女刚产下一子。李筌熟视良久叹道："这小子是个假天子，几十年后要毁我大唐江山！"侍从们提刀便要杀掉安禄山，李筌忙摆手制止道："杀不得。杀了这个假天子，他就会投胎变成真天子，那大唐才算真完了！"

13. 三国时有个叫荀奉倩的人，对自己的妻子非常深情。冬天里妻子突发热病，他百般无奈，于是到户外挨冻，拿自己冻冰了的身子贴上去给妻子降温，最终没有救活妻子，自己不久也死了。"体贴"一词，就此演化而来。

14. 曾国藩对于"性"与"命"有过精辟的论述。他用农夫耕田地种庄稼来举例：大体而言，勤苦的有好收成，懒惰的就歉收，这是"性"；不过遇到大旱大涝之年，不论怎么勤苦终归绝收，这就是"命"。他认为对于"性"上应当尽力之事，要百倍努力以求其成功，而对于"命"上的事，则应以淡泊为原则，这样差不多就接近"道"了。

......

突然感觉有点累了，那就结束吧，也该结束了......

科学历史系列小故事

第二章 ◎

初中和高中的时候，我是偏爱物理的。大概出于天性吧，我对客观事物背后的规律特别感兴趣，那么重的大飞机为什么能在天上飞？天空中的气球那么轻，可为什么也要随地球转？诸如此类的问题通常会让我思考很长时间才罢休。其间动脑子的乐趣不啻于调动全身肌肉跑完一次百米冲刺，尽管大口喘气却愉悦、兴奋、充实和满足，那种酣畅淋漓的快乐实在难以言表。可惜当年缺少引导的我，没有重视数学的学习和训练，最终被拖了后腿，慢慢地开始无法理解有难度的物理演算，这些困难最终成了无法越过去的鸿沟，只能对这个斑斓世界望之兴叹，无法深刻理解。可是这个世界又是如此精彩，不写一下怎么可以呢。

说说远古时期

我们中国人的祖先是"三皇五帝"。"五帝"按时间顺序排下来分别是黄帝、颛顼、帝喾、尧、舜，尽管年代久远，但他们的一些事情还是言之有征，所以司马迁作《史记》首篇即为《五帝本纪第一》。

至于"三皇"则全是传说，无法考据。同样按时间顺序排下来的分别是燧人、伏羲、神农。只要简单想一下，就会发现这个顺序十分科学，别无他选。因为有且只有掌握了造"火"的能力后，人类才能净化食物、驱离野兽、熬过酷寒，延长个体寿命，给知识的传播与学习留下时间，从而开创文明之路，成为真正的万物之灵。从这一点来讲，燧人氏排在三皇之首显然毋庸置疑。

无独有偶，在希腊神话中，普罗米修斯同样也是冒着被天神宙斯惩罚的风险，用一根长长的茴香枝，在烈焰熊熊的太阳车经过时，盗取了火种，才解救了饥寒交迫的人类，使人类进入了新纪元。现在奥运会开幕式前必不可少的圣火传递仪式，就是为了表达人们对普罗米修斯英雄行为的赞颂、感激之情。

再说说伏羲和神农。发明二进制，研制计算机的莱布尼茨是否是受到中国八卦的启示，这件事我也没整明白。不过反过来想，创造八卦的伏羲倒算是二进制的最先使用者呢。在创造八卦的过程中，伏羲顺理成章地发明了原始文字和计数方法，其重大意义不言自喻。大家再看看八卦像不像渔夫撒的网呢？其实网还真的就是伏羲发明的（传说）。大家别小看了网，有了网人类开始批量捕捉活的动物，天上飞的、地上跑的、水里游的统统要被挑选一遍，有用的还能驯养的就规模养殖，畜牧业由此产生。而神农除了尝百草以治病外，还推广了"黍"也就是小米的种植，又发明了耒、耜等木制农具，从此农业开始兴起。由于掌握了农业技术，神农氏部落逐渐强大起来，在轩辕氏兴起之前，诸部落都是并从于神农氏的，农业的重要性可见一斑。

农业最重天时，俗话说"人误地一时，地误人一年"，这个可马虎不得。所谓"天时"是要观测天上的太阳、月亮、星星的显现特征，找出昼夜轮回、寒暑交替的规律，用于开展农业生产。所以天文学的发展最有必要，也是世界各大文明发展的首选。这里不得不说中国的二十四节气，《诗经》里已经有零星词汇出现，这说明这套时间表至少从春秋时期就开始使用了（或者部分使用），直到现在仍旧在用，而且非常好用。2016 年还成功入选世界非物质文化遗产。不得不说，我们的老祖先实在厉害。

古代的人显然不可能达到我们目前对世界的了解程

度，所以那个时期神话和科学是难以分开的。我们用八卦和星象来预测凶吉，西方也在用占星术推测命运。

与世界其他地方的神话不同，古希腊的神话体系中的众神远非全知全能，而且与人类的情感极为接近，也会彷徨、孤独、迷失、沉沦或抗争、成功或衰落；能力也很有局限，比如普罗米修斯后被铁链缚在高加索山的悬崖上，每天还要被鹰啄食肉体，最后是人类英雄（母亲是人类）赫拉克勒斯射杀了老鹰，砸碎了铁链，解救了普罗米修斯。正因如此，古希腊的人们显然不能把一切寄托于神灵，转而去寻找大自然的普遍规律，最早开始从膜拜神力向追寻知识转变。

古希腊 "科学之父" 泰勒斯

希腊，位于地中海东北角，黑海与地中海的交界处，三面临海，是欧亚非三洲之间的重要航道，自古以来海上贸易就很繁盛，也是各种文明交流的枢纽。

这里夏季炎热干燥，冬季温暖湿润，葱翠的高山广布在湛蓝的大海之间。蓝天与白云，棕榈与沙滩，村落与小岛，葡萄与橄榄……特殊的地理位置和自然环境赋予这片土地以巨大的魅力。

为了满足水手们在大海中定位和导航的客观需要，古希腊的天文学异常发达。泰勒斯（约前624~前547）就发现按小熊星座航行比按大熊星座航行要准确得多，他还因成功预测到公元前585年5月28日会出现日食而被载入史册。

当时有两个国家正在发生长期战争，泰勒斯声称上天反对这场战争，并预言某日会有日蚀发生。当然没有人相信他。但当日两国的士兵们在战场上短兵相接时，天突然黑了下来，白昼顿时变成黑夜，交战双方惊恐万分，于是马上停战，后来还通婚和好。至于泰勒斯是通过什么办法预知日蚀的呢？现在已无法弄明白了。总之，在当时的条件下，能作出这样的预测是很了不起的。

据传泰勒斯通过观察，预测某年的橄榄会丰收，就提前租下了全村所有榨橄榄的机器，通过垄断抬高了价格狠赚了一笔，以此来证明知识是可以用来赚钱的。

泰勒斯总结出不少几何学上的定理，诸如："直径平分圆周""等腰三角形底角相等""相似三角形的各对应边成比例""半圆所对的圆周角是直角"，等等。这标志着人们对客观事物的认识从经验上升到理论，是科学史上里程碑式的事件。

还有个故事说泰勒斯曾利用自己的身高和影子，成功帮埃及法老测出了大金字塔的高度，用的就是相似三角形的比例关系。这些流传的事迹未必真实，但出于对智者的尊敬和崇拜，人们还是愿意把主人公当做泰勒斯。

后来的柏拉图也用泰勒斯编过一个故事，说泰勒斯有次只顾抬头仰望星空观察星象，结果一脚踩空掉进了路边的井里。柏拉图是借此嘲笑那些好高骛远、不切实际的人。但是两千年以后，德国哲学家黑格尔却说：一个民族只有那些关注天空的人，这个民族才有希望。如果一个民族只是关心脚下的事情，这个民族是没有未来的。2007年5月，温家宝总理向一群年轻大学生演讲时，引用了黑格尔的那句名言，之后更是以《仰望星空》为题赋诗一首，全文如下：

我仰望星空，

它是那样寥廓而深邃；

那无穷的真理，

让我苦苦地求索、追随。

我仰望星空，

它是那样庄严而圣洁；

那凛然的正义，

让我充满热爱、感到敬畏。

我仰望星空，

它是那样自由而宁静；

那博大的胸怀，

让我的心灵栖息、依偎。

我仰望星空，

它是那样壮丽而光辉；

那永恒的炽热，

让我心中燃起希望的烈焰、响起春雷。

"数学鼻祖" 毕达哥拉斯

当时，人们已经认为世界是由"点"构成，点构成"面"、面构成"体"，而各种体则组成了世界，这些构成世界的最基本的"点"被称为——原子。令人惊奇的是，这完全是用纯粹的想象和推理得出来的结论，而现在的你也应该知道这有多么的现代化。

毕达哥拉斯（前572~前497）则有自己的主张，他认为点与点之间必须通过数字才能产生联系，因此先有数，然后才有点。毕达哥拉斯甚至夸大地宣称："万物皆数"，"数是万物的本质"，是"存在由之构成的原则"。当然，我们现在知道他是把抽象的概念等同于实物了，不过说不定这是毕达哥拉斯为了引起人们对数学的兴趣而使用的花招呢。

出于对数字执着而奇异的信念，毕达哥拉斯认为"1"是数的第一原则，万物之母，也是智慧；"2"是对立和否定的原则，是意见；"3"是万物的形体和形式；"4"是正义，是宇宙创造者的象征；"5"是奇数和偶数，雄性与雌性的结合，也是婚姻；"6"是神的生命，是灵魂；"7"

是机会；"8"是和谐，也是爱情和友谊；"9"是理性和强大；"10"包容了一切数目，是完满和美好。

毕达哥拉斯还把数字分为奇数、偶数、素数、完全数、平方数，等等。据说，毕达哥拉斯一次碍于面子不得不参加一个富豪的宴会，坐在宴会上的他对宴会内容毫无兴趣。无聊的他视线转向了地上铺的正方形石板，他低头选了一块石板，以它的对角线为边画了一个正方形，他发现这个正方形面积恰好等于两块石板的面积和，再以两块正方形地砖拼成的矩形之对角线作另一个正方形，他发现这个正方形之面积等于 5 块石板的面积，也就是以两股为边作正方形面积之和。至此毕达哥拉斯得出了一个结论：任何直角三角形，其斜边的平方数恰好等于另两边平方数之和……这就是著名的"毕达哥拉斯定律"。

毕达哥拉斯还是个非常优秀的教师。据说其曾经看到一个穷人很勤快，就想教他学习知识。但该人还要努力工作挣钱，就拒绝了他的好意。为了收到这个徒弟，毕达哥拉斯就向其承诺：如果能学懂一个定理，那么他就给他一块钱币。这个人看在钱的份上就开始跟着老师学习了。可是过了一段时间，这学生却对数学和几何产生了非常大的兴趣，反而请求毕达哥拉斯：如果能多教一个定理，他就给老师一个钱币。这样过了一段时间，毕达哥拉斯把以前给那学生的钱全部收回了。

毕达哥拉斯后期在意大利南部的希腊属地克劳东成立了一个团体，后来人们把这个团体称为"毕达哥拉斯学派"。不知道什么原因，此时的毕达哥拉斯规定加入这个组织不但需要在学术上要达到一定的水平，而且在准入后还要经历一系列神秘的仪式，由于过于神秘与世不和，这个团体后来受到了冲击，毕达哥拉斯本人也不得不到处躲藏，最后死于一场城市暴动。

毕达哥拉斯和他的学生运用数学对世界进行了广泛而深入的探索。他们认为数的秩序、比例和尺度，不仅构成了宇宙万物，而且构成了宇宙的和谐。例如所谓音乐，就是由不同长短高低的声音，按照数的比例关系所形成的和谐，而整个宇宙就是一曲和谐的音乐。其他如"黄金分割""对称统一"等发现和观念，也极大地影响了西方雕塑和美术的发展方向。

毕达哥拉斯名言：一定要公正。不公正，就破坏了秩序，破坏了和谐，这是最大的恶。

古希腊"哲学之父"柏拉图、
"几何之父"欧几里得、"最博学的人"亚里士多德

柏拉图（前 427~前 347）年轻时游离各地学习知识，40 岁时在雅典建立了历史上第一个有完整教学组织和课程体系的学院——阿卡德米学园（后来也被称为"柏拉图学院"）。

柏拉图按照不同年龄阶段和学力水平为学员制定了金字塔形的课程内容，最基础的是简单的读、写、算、唱歌；中间阶段则学习算术、几何、天文、音乐；经过严格训练和挑选后的优秀人才则由柏拉图本人亲自教授深奥的通过思辨、冥想后才能达到的"理性之乐"。

柏拉图的名言摘录：

不知道自己的无知，乃是双倍的无知。
思想永远是宇宙的统治者。
生气是拿别人做的错事来惩罚自己。
良好的开端，等于成功的一半。

据说，某天柏拉图学园门口立了一个木牌，上面写着："不懂几何者，不得入内。"这可难倒了前来求学的众人。正是因为不懂几何，才要来这儿求学的呀，如果懂了，还来这儿做什么？面面相觑的人群之中，一个年轻人看了看牌子，整了整衣冠，然后果断地推开了学园大门，头也没有回地走了进去，这个年轻人就是——欧几里得（前330~前275）。

在欧几里得之前，人们已经积累和掌握了很多几何学的知识，但这些知识大多数是片断、零碎和缺乏系统性。不像我们现在要首先使用公理，然后严格给出证明，才能得出结论。欧几里得对几何学理论进行了系统而周详的研究，历经多年艰辛，终于创作出《几何原本》。这是一部传世之作，正是有了它，几何学第一次实现了系统化、条理化。直到今天，从小学到初中、高中再到大学，我们仍然在学习和使用欧几里得创作的公理及其推论，这显然是一项很了不起的成就。

据说，欧几里得出名后，大家都以学习几何学为荣，这股风气甚至影响到当时的亚里山大国王托勒密。不过在看过《几何原本》后，这位国王发现学习几何是件比较费力的事情。于是他亲自跑去向欧几里得请教是否有什么简便的方法可以迅速地掌握几何知识，欧几里得笑道："抱歉，陛下！在几何学里，可没有专为国王铺设的大道。"

众所周知，不管偏重于哪个方面，"数"和"形"总归还是要结合的。欧几里得的推演法在数学上的运用也同样卓尔不凡、蔚为大观。所以大家还是称欧几里得为数学家，而不单单是几何学家。

目光再回到柏拉图学院，亚里士多德（前 384～前 322）在 17 岁时跟随柏拉图学习，在学园中的众多学员中，亚里士多德的表现很出色，柏拉图称他是"学园之灵"。随着钻研的深入，亚里士多德慢慢开始有了自己的认识，有些观点甚至与老师分歧很大，两人之间还发生过激烈的争论。有些学员指责其不尊重老师，"吾爱吾师、但吾更爱真理"，亚里士多德如是说。

柏拉图死后，由于和继任院长相处不睦，亚里士多德离开了学院，后来受马其顿国王腓力浦二世的聘请做他孩子的老师。这个学生长大接任国王后，以其雄才大略，东征西讨，从未遭遇败绩。在他执政的短短 13 年间，先是确立了在全希腊的统治地位，后又灭亡了四大文明古国中的波斯、埃及、印度，建立起了一个横跨欧亚大陆、幅员辽阔的伟大帝国。因此后世尊称其为——亚历山大大帝。当时亚历山大甚至控制了帕米尔高原的西部，如果不是突如其来的疾病导致亚历山大英年早逝（死时 32 岁），否则……不敢想啊！

亚里士多德在老国王死后就又回到了雅典，并且在那里建立了自己的学校。由于喜欢和自己的学生们在花园里边漫步边授课，所以这个学派也被成为——逍遥学派。

亚里士多德一生著作累累，涉及哲学、诗歌、天文、动物、人的生理与心理、政治等诸多方面，简直就是一部百科知识大全。更厉害的是，亚里士多德发明了"物理"这个名词，在《物理学》中，亚里士多德讨论了力、运动、光线、元素等等，尽管一些结论比如光是纯洁单一的、重的物体先落地、力是维持物体运动的原因、虚空是不存在的等等已经被证明是错的，但亚里士多德是第一个建立完整的物理学体系的人，这种史无前例的功绩应该值得我们铭记。

亚里士多德的名言摘录：

优秀是一种习惯。

谎言自有理由，真实则无缘无故。

羽毛相同的鸟，自会聚在一起。

对上级谦恭是本分，对平辈谦逊是和善，对下级谦逊是高贵，对所有人谦逊是安全。

"数学之神"和"力学之父"阿基米德

由于没有安排好继承人,亚历山大大帝死后,帝国马上四分五裂,陷入混乱和争斗之中。此时,意大利半岛上的罗马共和国正在崛起,势力不断地在扩张;而北非新兴的国家迦太基也在蓬勃发展,疆域与日俱增。

在两个扩张的大国之间,古希腊西西里岛上的一些国家摇摆不定,成为两大势力的角斗场所。最终,罗马通过3次马其顿战争,征服了整个希腊;又发动了3次布匿战争在公元前146年征服了迦太基。

长期的战争使得古希腊的辉煌文化迅速衰退,被誉为"数学之神""力学之父"的阿基米德(前287~前212)也不幸在战斗中被罗马士兵杀死。

阿基米德曾经在埃及的亚历山大城跟随欧几里德的学生学习几何及数学知识,并取得了前无古人的伟大成就。在《圆的度量》一书中,他使用"穷竭法",利用圆的外切与内切96边形,得出了当时最好的π值;在《砂粒计算》中,他建立了惊人的巨量级计数法(据说此前的计数数量不超过一万),甚至要计算充满宇宙大球体内的砂粒数量；在《球与圆柱》和《锥体和球体》中，他给出了这些几何体的表面积和体积的计算方法；在《抛物线求积》里他又研究了曲线图形求积的问题。而据后人的分析，他的计算方法里已经含有微积分的味道了。

阿基米德很善于"学以致用"，这导致其成为一名物理学家和工程师。一次，阿基米德在久旱的埃及尼罗河边散步，看到农民提水浇地相当费力，经过思考之后他发明了一种利用螺旋作用在水管里旋转而把水流"挤"上来的灌溉工具，后世的人叫它做"阿基米德螺旋提水器"，这套工具非常可靠好用，现在有人仍然在用。

叙拉古（阿基米德的家乡）国王向一位工匠交付了某数量的黄金，让他做一顶同样重量的纯金王冠。做好后的王冠非常精美，国王很满意，但同时疑心工匠克扣黄金，在金冠中掺假。既想检验真假，又不能破坏王冠，这可难倒了所有人。于是国王请阿基米德来检验。最初，阿基米德也是苦苦思考而不得要领。一天，当他进入公共浴池洗澡时，看到水往外溢，同时感到身体被轻轻托起。他突然悟到：物体在液体中减轻的重量，等于排去液体的重量。由此，阿基米德推论重量相同的不同物体，因体积不同，排去的水也必不相等。根据这一道理，就可以判断皇冠是否掺假。阿基米德高兴得跳起来，赤身奔回家中，口中大呼："尤里卡！尤里卡！"（希腊语 Eureka，意即"我找到啦!"）

后世的许多科学家和数学家，当他们获得重大发现的时候，也要高呼："Eureka！尤里卡!"——"我找到啦!"

　　据说是受到奴隶们撬石头用的撬棍的启发，阿基米德研究了"力矩"和"重心"的关系，并由此得出了著名的杠杆原理，他甚至得意地宣称："给我一个支点，我能撬动整个地球。"叙拉古国王对杠杆的威力表示怀疑，他要求阿基米德把一艘载满重物和乘客的大船从陆地放入大海。阿基米德设计了一套精巧的杠杆装置安装在船的周围，并让国王亲自牵动一根绳子将大船慢慢地滑到海中。群众欢呼雀跃，国王也高兴异常，当众宣布："从现在起，我要求大家，无论阿基米德说什么，都要相信他！"

　　当罗马的士兵进攻叙拉古时，阿基米德毅然投入了保家卫国的战斗中，并运用自己的知识夜以继日地发明御敌武器。他造了巨大的"起重机"，可以通过抓钩将敌人的战舰吊到半空中，然后重重摔下使战舰在水面上粉碎；他发明了"抛石机"，可以把石头高高地抛出城外落在1000多米远的地方，罗马士兵甚至看不到敌人就被打得溃不成军。据说阿基米德还曾利用凹面镜的聚光作用，让大家把阳光集中照射到罗马的战船上，烧毁了罗马的许多船只，负责进攻的罗马将领马塞拉斯不得不承认："这是一场罗马舰队与阿基米德一人的战争。"

　　由于实力相差过于悬殊，做了长期抵抗后的叙拉古王国最终还是沦陷了。出于对阿基米德的尊敬，马塞拉斯下令士兵们在攻入城市后不许伤害阿基米德。据说当时阿基米德正在院子里的地上画图，而闯入的罗马士兵把地上所画的图形给踩坏了，于是阿基米德说："走开，别动我的图!"暴躁的士兵拔出刀来,朝阿基米德身上刺下去,一代传奇就这样陨落了。

对于阿基米德的死,马塞拉斯深感悲痛。他将杀死阿基米德的士兵当作杀人犯予以处决,并隆重地安葬了阿基米德,在其墓碑上刻下了球内切于圆柱的图形,以纪念其不朽的功绩。

罗马帝国的辉煌与衰落

随着罗马的军事扩张，廉价谷物、成群奴隶和大量财富源源不断地从征服地流入罗马，这很快改变了罗马人早期的简朴、坚韧、进取的美德，物欲横流、奢侈糜烂、势利和残暴成了当时的社会典型特征，以至于有诗人抱怨说："罗马人难道只关心面包和角斗吗？"

奴隶制也是罗马人在科学成就上乏善可陈的重大因素，不但奴隶对提高生产效率毫无积极性，甚至破坏劳动工具，而且奴隶主为了不让奴隶们有空可闲，也宁愿让他们继续从事重体力劳动。例如水车技术虽然早已出现，可直到公元4世纪奴隶来源枯缩之时，才为罗马所采用。

虽然如此，早期的罗马人还是在农业、建筑、医学、天文、造船等方面有所建树。一些罗马时期修建的公路连同途中的桥梁质量极好，甚至使用到现在。同样，罗马的一些建筑物，如圆形剧场、角斗场和凯旋门等也极其雄伟壮观。

瓦罗（前116~前27）在《论农业》里记述了当时罗马各地的农作物品种、种植方法和经营方式，为西方农学的发展奠定了基础。

普林尼（23～79）所著《博物志》洋洋洒洒 37 卷，其内容上自天文，下至地理，包括农业、手工业、医药卫生、交通运输、语言文字、矿物冶金、绘画雕刻等诸多方面，是那个时代的百科全书。尽管在《博物志》的后七卷中记载了大量的化学反应过程和各种配方，可惜普林尼仍然不能算是个化学家，比如书中对炼金术的记载就明显错误百出，绝无可能。公元 79 年 8 月，维苏威火山大爆发，普林尼为观察火山爆发的情况，乘船赶往维苏威，但因吸入火山喷出的含硫气体而中毒死亡。

盖伦（129～199）在《论解剖过程》《论身体各部器官功能》中阐述了他自己在解剖生理上的许多发现。特别是对人体的内脏功能和血液运动的论述，在西医史上产生了很大的影响。不过人们后来发现，许多结论是错误的，因为盖伦所解剖的主要是狗而不是人。

托勒密（90～168）总结了希腊古天文学的成就，写成《天文学大成》13 卷。他利用希腊天文学家们的大量观测与研究成果，明确把地球（这个词不准确，比如他的《地理学指南》就把地球当为一片巨大的不规则陆块，中间包围着一些海盆，而非球体）作为中心，用偏心圆或小轮体系解释各种天体运动轨迹，后世把这种宇宙观称为托勒密地心体系。因为这套理论较为完满地解释了当时观测到的天体运动情况，有很高的实用价值，从而影响了世界上千年。直到公元 1533 年哥伦布提出日心说，才刷新了人们的宇宙观。

真正让西方的科学发展停滞不前，甚至严重倒退的是"黑暗中世纪"，这要从罗马分裂和基督教的兴起讲起。

基督教脱胎于犹太教，而犹太教是一个非常古老的宗教，这个宗教比较保守，只接受犹太人信教，遵行上帝耶和华通过摩西之口传达给犹太人的十条基本戒律，这些戒律后来被基督徒称为"旧约"。公元1世纪，耶稣自称是上帝之子并开始招收门徒，他强调自己不是来废除律法，而是为了完成及完善它。后来这些新的训导被基督徒整理成"新约"。

基督教的博爱、平等精神受到了奴隶和穷人的欢迎，信徒规模迅速扩大，这自然引起了当权者的不安，所以罗马皇帝在迫害基督徒方面一直持积极态度。

罗马帝国后期战乱频发，皇帝更迭频繁，奴隶和农民的起义遍及各地。公元284年，近卫军队长戴克里先由军队拥立（注意：真的是拥立）为罗马皇帝。

戴克里先的父亲是一个被释放的奴隶。在进入军队后，戴克里先硬是从最底层凭军功一点一点爬起来，而且他尊重敌手，保护他们的眷属和财产，从而获得了极高的声誉。公元305年，戴克里先55岁时选择了退休，居住在亚得里亚的海边安度晚年。

戴克里先上台后，思考了罗马动荡的原因。他认为这是由于罗马帝国的面积太大了，一个皇帝根本管不过来。于是大笔一挥，在地图上把罗马给分成东西两半了。戴克里先创立了四帝共治制，即帝国东西两部分别由两位主皇帝统治，再各以一位副皇帝辅政。主皇帝在退休或死亡时，由副皇帝继承，而继位的主皇帝则任命对方的副皇帝，以解决帝位继承问题。

这是一个完美的方案，除了没有考虑人心。戴克里先刚一下台，西罗马就为了争夺帝位打了起来。先是老皇帝的儿子马克森提叛乱称帝，在外领兵打仗的副皇帝之子君士坦丁当然不服，一路又打了回来。公元 312 年 10 月底，君士坦丁把马克森提围进了罗马城。罗马城城高墙厚，可谓固若金汤，君士坦丁对此也是无计可施、焦虑不安。某天夜里，君士坦丁突然梦见基督告诉他把十字架放进旗帜里后就能取胜，君士坦丁醒来后将信将疑地照做了。没想到第二天罗马城门突然大开，马克森提居然亲自带兵与君士坦丁作战，结果一败涂地，马克森提本人从米尔维安桥掉下被河水淹死。

后人分析，这可能是君士坦丁焦虑状态下产生的幻觉，而且经考古专家研究，君士坦丁的军旗也没有改成十字架，只是少数盾牌上出现希腊文"基督"前两个字符拼成的图案。不管怎么说，经此一战，君士坦丁成了西罗马帝国的皇帝，也变成了一名基督徒。第二年，君士坦丁颁布了著名的《米兰敕令》，用政权来支持基督教的发展。这下可不得了，基督教很快变成了两个罗马的共同国教，从被压迫者变成了世界的主人。

基督教成为罗马国教以后，狂热的教徒在军队和信仰的双重保护下对异教徒纵情暴虐，很好地展示了"博爱"

精神。

人类历史上第一位有记录的女数学家希帕蒂娅，据说她的外貌也非常美丽，当时很多人追求她，而她一律以"我已经嫁给了真理"而回绝。希帕蒂娅本来不带宗教偏见，教授包括基督徒在内的各教学生，但仍被当作异教徒残忍谋杀。

所有和教义不符的书籍成批地消失，公元 415 年，一伙基督徒冲进亚历山大图书馆，纵火焚毁了大量书籍。529 年罗马皇帝甚至下令关闭了雅典的柏拉图学院。欧洲就此开始进入漫长的"黑暗中世纪"。

古阿拉伯的那些事儿

历史真是很有意思，基督教在西方牢牢占据主导地位并开始扩张的时候。公元 622 年，穆罕默德在阿拉伯半岛上的麦地那建立穆斯林政权并突然崛起，仅用 10 年时间就基本统一了阿拉伯半岛。经过"四大哈里发时期"，阿拉伯帝国很快发展成为地跨欧、非、亚的庞大帝国。

在扩张的过程中，阿拉伯帝国的政权结构逐渐从宗教联盟向君主体制转变。由于阿拉伯帝国早期不向穆斯林教徒征税，如果人们大量皈依伊斯兰教，反而会影响阿拉伯帝国的财政收入，所以后期的阿拉伯帝国并不强迫被征服地区改变信仰。也正因为如此，一些随着亚历山大大帝的足迹而散播各地的希腊文化在阿拉伯世界里得以保存。阿拔斯王朝时期甚至建立"智慧宫"，从各地搜集各种古希腊哲学和科学著作的原本和手抄本加以整理和收藏。

公元 751 年，阿拉伯军队在中亚的怛罗斯战役中击败唐朝将领高仙芝率领的唐朝军队。这一场战争之所以要提一下，是因为战争中阿拉伯人俘虏了造纸工匠出身的大唐士兵，从而掌握了造纸技术。与此类似的是，侵入印度的阿拉伯人掳走了印度的数学家，吸收并创造出了影响深远的阿拉伯数字。呵呵，如果不知道阿拉伯数字有多重要的人可以用中式数字演算一下"五十四乘以二十二"试试。

担任过智慧宫馆长的阿尔·花剌子模（780~850）汲取和总结了前人的优秀成果，在其所著的《算术》一书中系统地叙述了十进位值制记数法和以此为基础的运算方法，极大地推动了数学向深度和广度的发展。在他的《代数学》中，花剌子模更是明确提出了代数、已知数、未知数、根、移项、集项、无理数等一系列概念，并阐述了一次和二次方程的基本解法，从此代数学成为一门与几何学相提并论的独立学科，花剌子模也因此被誉为"代数之父"。

天文学在阿拉伯世界里也得到了极大的发展，据说这是出于满足宗教仪式的要求，人们必须准确掌握朝拜圣地麦加的方向和时间。阿拉伯人在巴格达、大马士革、开罗、科尔多瓦等地建造了当时世界一流的天文台，并研制了相当精密的天文观测仪器。花剌子模就编制了阿拉伯最早的天文历表，称为《阿尔·花剌子模历表》，100多年后被更为精确的《托莱多星表》代替，这些都代表了当时世界上最高的天文学成就。

穆罕默德曾经说过："学者的墨汁浓于烈士的鲜血。"还告诉信徒："学问，虽远在中国，亦当求之。"而且据史书记载，帝国的首领哈里发还会举办神学辩论会，允许各种持信仰的人们以平等的态度发表自己的意见。这些都说明伊斯兰应该是一个进取、包容和和平的宗教。可惜后来随着帝国分裂，各种教派林立，甚至出现一些极端思想，这不能不说是个遗憾。

回过头来再说说罗马帝国。西罗马帝国在诸如哥特人、勃艮第人、萨克逊人等日耳曼蛮族部落以及匈奴王阿提拉的连续打击下，在公元480年基本就名存实亡了。东罗马帝国则经受了匈奴、蛮族、国内暴乱、阿拉伯、奥斯曼的冲击，摇摇晃晃地坚持到1453年才宣告灭亡。

东、西罗马帝国都各自成立了基督教教廷，双方为权力和教义等问题长期争论，终至1054年正式分裂成东正教和天主教。随着在西欧建国的蛮族纷纷信仰了基督教，罗马的天主教廷居然发展成了一个"神权高于王权"的宗教大帝国。而东罗马的东正教廷则受到王权的制约，和帝国一样势力日益衰落。

进入11世纪，信奉伊斯兰教的塞尔柱突厥人兴起并开始进攻东罗马帝国（也被称作拜占庭帝国），感到危机的东正教廷向天主教廷求援，这就引发了延续了200多年，对欧洲历史产生了极大影响的十字军东征。通过这场疯狂的宗教战争，十字军从东方带回了阿拉伯人先进的科学、中国人的四大发明、希腊人的自然哲学文献，推动了一种新的文明的铸造。

中世纪的四大发明

　　马克思在《机械、自然力和科学的运用》中写道："火药、指南针、印刷术——这是预告资产阶级社会到来的三大发明。火药把骑士阶层炸得粉碎，指南针打开了世界市场并建立了殖民地，而印刷术则变成了新教的工具，总的来说变成了科学复兴的手段，变成对精神发展创造必要前提的最强大的杠杆。"后来，著名的英国科学家和汉学家李约瑟博士又添上了造纸术，这就是举世公认的由中国人创造，造福于全世界，推动了人类前进的四大发明。

　　对欧洲人来讲，最重要的或许是造纸术和印刷术。在四大发明传播到欧洲之前，《圣经》存放在教会里面，只能由圣职人员阅读。由于掌握了解释权，罗马教会甚至编造了"赎罪券"这个奇葩的东西来疯狂掠夺财富。神职人员大言不惭地宣称道："你们要相信，上帝已将赦罪的主权交给了教皇。""现在哪怕你们只剩下一件外套，也要脱掉卖了，火速来买赎罪券。""只要买赎罪券的钱币投入钱柜叮当一响，买主挂记的那个罪人的灵魂就立刻从炼狱直飞天堂。"这种搜刮各国人民钱财的卑劣手段，引起了普遍的愤慨。

宗教革命首发于德国，因流入罗马教廷的财富数额巨大，德国甚至被称为"罗马教皇的奶牛"。马丁·路德（1483～1546）本是一名教授《圣经》的神学院博士，面对宗教思想和教廷做法的反差，天生具有正义感的他无论如何努力思考也不能说服自己。一天他在翻阅《圣经》看到"义人必因信得生"时，突然醒悟并找到了批评罗马教廷的有力武器。马丁·路德的论点可以简单归纳为"因信称义"，也就是说任何人只要真心相信上帝，就可以被称为"义人"从而得到祝福，其他的外在形式并不重要。

这等于说"赎罪券"完全无用和教皇是个大骗子嘛，怎么能忍？所以罗马教皇一心要弄死马丁·路德。可偏偏人家是把《圣经》当武器打过来，直接动粗肯定不行。于是教皇就组织了一帮人也引经据典和马丁·路德打起了嘴仗。表面上看教皇人多势众又有百年根基，占尽了优势，可偏偏教廷的文字一本正经，味同嚼蜡，使用的还是少数人才能看懂的拉丁文字，而马丁·路德的文字则越写越猛，符合大众口味还是用德文书写，很快就站稳了上风。这时候造纸术和印刷术的威力就显露出来了，马丁·路德的文章刚一写完立刻就被广为印刷，老百姓马上就能读到，大家纷纷把文章贴在街道两旁和马路边的树干上，结果马丁·路德对抗教皇的光辉事迹迅速传遍了整个欧洲。

马丁·路德的影响越骂越大，再加上教权和王权的根本矛盾，国王和贵族更是巴不得教皇丢个大人，便经常偷偷干些火上添油的勾当。教皇很快急眼了，居然宣布：把日耳曼整个开除出教！好吧，教皇开除日耳曼人，他们也宣布把教皇开除了。支持马丁·路德的人们很快成立了新教，公开与天主教分庭抗礼。新教的信众越来越多，经过30年的宗教战争（混合着大国争霸），最终随着1648年10月《威斯特伐利亚和约》的签订，双方确定了平等地位，宗教宽容和思想自由得到了一定程度的承认。

再说说指南针。航海家哥伦布（1451～1506）生活的时代，已经有关于地球是个圆球体的推测，可是谁也给不出一个有力的证明。不知道为什么哥伦布对地圆说坚信不疑，并多次向葡萄牙、西班牙、法国等国的国王推销他的向西航行到达东方国家的计划。在西班牙的审查委员会上，一位委员向哥伦布提出质疑：如果地球是圆的，那么当帆船到了需要从地球下面向上爬的时候，怎么办？对此技术性问题，哥伦布哑口无言。

好在有西班牙女王的支持，哥伦布带着给印度君主和中国皇帝的国书，经历了大风大浪于1492年10月12日到达了美洲。直到逝世，哥伦布居然一直认为他到达的是亚洲。虽然这是个巨大的错误，但哥伦布还是向世界证明了地圆说，为1519年的麦哲伦真正实现环球航行打下了基础。

哥伦布与麦哲伦的航行与发现，很快引发了一场探险与殖民热潮，随着大量金银流入欧洲，商人和新兴资产阶级取代了贵族的权威，旧的封建制度很快土崩瓦解，一个新的时代即将来临，而这一切如果没有指南针的话是难以想象的。

火药的作用还用说吗？真的不说了。中国人虽然最早发明了火药，但是为什么把硝石、木炭、硫磺放在一起会爆炸呢？在 1637 年的明朝科学著作《天工开物》记载："凡火药，硫为纯阳，硝为纯阴，两情逼合，成声成变，此乾坤幻出神物也"，"硝性至阴，硫性至阳，阴阳两神物相遇于无隙可容之中"，"硝性主直，直击者硝九而硫一。硫性主横，爆击者硝七而硫三。其佐使之灰，则青杨、枯杉、桦根、箬叶、蜀葵、毛竹根、茄秸之类，烧使存性，而其中箬叶为最燥也。"

如此解释，也是"给跪"了。

天文学家哥白尼、第谷、
开普勒以及"现代科学之父"伽利略

随着观测水平的提高，更多的行星的发现，前面提到的托勒密地心系统越来越显得复杂，误差也变得越来越难以令人接受，哥白尼（1473~1543）在研究天文学的时候就深受其苦，于是他试着换种方法试试。

任何人抬头看看太阳，东升西落明显是在动嘛，再低头看看脚下的地球，你跳得再高，落下还是原地，这不更说明地球是静止不动的嘛。哥白尼的尝试十分大胆，以至于他后来在《天体运行论》的开头就说："我开始考虑地球的运动……这尽管十分荒谬。"但经过漫长而仔细的工作，哥白尼最终确认了——日心体系才是正确的。

哥白尼的发现可不仅仅是天文学上一次重大的革命，更重要的是"日心说"与教会的宇宙观产生了根本冲突。不但罗马教皇想把哥白尼控制起来，连新教的马丁·路德都公开宣布："这个白痴想要颠覆整个天文学，但是圣经告诉我们……"

直到临终前，哥白尼终于决心出版自己的日心说。据说哥白尼拿到刚出版的《天体运行论》后不到一个小时就离世了。不过让人感到意外的是，有个红衣主教向教皇献策："我建议不要理睬这种渎神的言论，因为既然恶魔已点了火，你再去给它煽风，火就会烧得更大。最好是不闻不问。"所以《天体运行论》居然没被教会明令取缔。

以现在的科学眼光看，如果说地球围着太阳转是正确的话，那么根据运动都是相对的原理，说太阳围着地球转其实也没错。第谷（1546～1601）就认为所有行星都绕太阳运动，而太阳率领众行星绕地球运动。这一点上第谷很聪明，既没有和宗教界发生矛盾，又简化了运算（当然还是没哥白尼的简洁）。

据说第谷小时候是个神童，13岁就考上了大学。18岁那年因为一个数学问题与人发生争执，结果发展到决斗的程度，决斗中第谷的鼻子被对方不小心砍掉。为掩盖身体的缺陷，第谷给自己设计了一个金属鼻子，自此第谷就有了一个绰号——"金鼻子"。第谷早期对流行的炼金术很感兴趣，但是自从目睹了一次日食后，第谷很快就以极大的热情投入到天文学的怀抱中去，成为最后一位也是最伟大的一位用肉眼观测的天文学家。

1572年11月11日，第谷发现了一颗新星，即"第谷新星"。新星在仙后座，最亮时甚至在白天都能看到它。经过一段时期的观测之后，第谷发表了一篇不长的论文《新星》，而且很快就以天文学家而著称。

当时丹麦国王腓特烈二世决定在哥本哈根附近的小岛

上建造一座世界上最先进的天文台，就聘请第谷作为建造师和馆长。第谷建立的天文台十分讲究，还精心设计了许多精密的仪器，这使得第谷掌握的观测数据在精度上要高于同时代的所有人。

1577 年一颗巨大彗星在空中出现，第谷对该星进行了仔细的观察，结果数据明确无误地表明这颗彗星的轨道不是完美的圆形，而是伸长了的类椭圆形。1583 年第谷出版了《论彗星》一书，系统地阐述了自己的天文体系，但由于支持地心说，第谷理论几乎被人们完全漠视了。

据说第谷脾气不好，很快就与新的皇帝闹翻了，被强迫出境。1597 年第谷离开丹麦前往德国，在布拉格新区定居，开始整理手头的大量天文资料。1599 年开普勒（1571～1630）开始成为他的助手。

那时的开普勒不过是名普通的年轻人，薪水不高而且婚姻糟糕，只是数学水平还不错，对于这一点让第谷还是比较满意的。两人刚开始相处并不融洽，开普勒觉得第谷对他有所保留："第谷并没有给我机会来分享他的实际知识，只是在就餐时有所交流。"受妻子的挑唆，开普勒在留下一封满纸侮辱性言语的信后不辞而别。这件事对第谷刺激很大，他很快让人把开普勒请了回来，并把火星的观测资料全部交给了他："除了火星所给予你的麻烦之外，其他一切麻烦都没有了。火星我也要交托于你，它是够一个人麻烦的。"

开普勒夸下海口，要在 8 天之内完成所有的工作。没想到这一干就是 8 年，其间老师第谷也因膀胱炎去世了。

与第谷不同，开普勒很快就完全使用了日心说。1609年在《新天文学》中，开普勒发表了后世被称为开普勒三大定律的前两个定律：第一定律认为每个行星都在一个椭圆形的轨道上绕太阳运转，而太阳位于这个椭圆轨道的一个焦点上。第二定律是一个数学公式，行星与太阳之间的连线在等时间内扫过的面积相等，意思是行星运行离太阳越近则运行就越快。10 年后的 1619 年开普勒在《世界的和谐》中发表了他的第三条定律：行星围绕太阳旋转的周期的平方，与其轨道内的半长轴的立方成正比（用牛顿的万有引力定律更简洁）。

开普勒找到了最简单的世界体系，对此他心满意足，并把这些定律看成宇宙的和谐与完美的有力证据。尽管开普勒把这归结于上帝的"杰作"，但宗教界并不这么认为，由于来自教会的迫害，开普勒的晚年十分贫困，最后病死在一家小旅馆中。

三人的遗产组合彻底改变了人们对世界的认识，哥白尼提出了日心说，第谷留下了大量的观测数据，开普勒找到了数量关系，使天文学假说更符合自然界本身的真实。尽管三人各有不足或错误，但科学就是这么一步一步积累而来。

伽利略（1564~1642）于 1597 给开普勒的一封信后来被公布于世："许多年前，我就成了哥白尼主张的皈依者。"但是在这封信里伽利略承认自己害怕世人的嘲笑，而不敢公开发布自己的观点。

　　伽利略一生中最出名的事情有两件，一是从比萨斜塔上扔了两个重量不同的球，结果两球同时落地，在场人看得个个目瞪口呆。二是制造了望远镜并用来观测天体，借助这项"最亵渎上帝的发明"，伽利略先是发现月球表面坑坑洼洼，后是发现了木星的四颗卫星，为哥白尼学说找到了确凿的证据。

　　伽利略深信自然之书是用数学语言写的，他对运动的基本概念，包括重心、速度、加速度等都做了详尽研究并给出了严格的数学表达式，尤其是加速度概念的提出，在力学史上是一个里程碑。但更具有历史地位的是伽利略所使用的方法：数学化和可重复性。正是这一点让伽利略收获了"现代科学之父"的桂冠。

　　由于任何人都可以拿天文望远镜窥探神圣的天空，很快连神父们也不得不承认他的观测事实。但教皇保罗五世仍然在1616年下达了著名的"1616年禁令"，禁止伽利略以口头的或文字的形式保持、传授日心说。由于和1624年新任教皇乌尔邦八世关系不错，新教皇允许他写一部同时介绍日心说和地心说的书，但对两种学说的态度不得有所偏倚，而且都要写成数学假设性的。后来伽利略发表了《关于两大世界体系对话》一书，此书在表面上保持中立，但实际上却为哥白尼体系辩护，并多处对教皇和主教隐含嘲讽。这可激怒了教皇，他勒令伽利略到宗教裁判所受审。不过与教科书写的不同，伽利略自始至终没受到什么虐待，他甚至还带着一个仆人。在早已拟好的悔过书上签字后，伽利略被判决要"忏悔"和"不得随意搬家"。伽利略就在自己的乡间别墅居住，一直到老。

伽利略研制成了一台勉强可称为显微镜的装置，"可将苍蝇放大成老母鸡一般"。伽利略还是个很有幽默感的作家，他的《关于两大世界体系对话》文笔诙谐风趣，可是世界名著哦，推荐一读。

近代化学大师波义耳、拉瓦锡、门捷列夫

化学是伴随着炼金术、炼丹术成长起来的。炼金术可不仅仅是把铁、铅等常见金属变成贵重的黄金，来看看索西莫斯（前约 300）的定义："炼金术是研究水的组成、运动、生长、合并和分裂、将灵魂从肉体牵引出来以及将灵魂和肉体结合的学科。"怎么样，服不服？

火药及蒸馏酒都是炼金术的早期副产品，后来炼金术师们又陆陆续续发现了砷、硝酸银、硫酸、硝酸、王水和镪水等物质。

波义耳（1627～1691）于 1661 年出版了《怀疑派化学家》，对化学和炼金术进行了区分。他在书中强调："我们所学的化学，绝不是医学或药学的婢女，也不应甘当工艺和冶金的奴仆，化学本身作为自然科学中的一个独立部分，是探索宇宙奥秘的一个方面。化学，必须是为真理而追求真理的化学。"既然说的这么清楚，大家就把 1661 年作为近代化学的开始年代了。

波义耳出身贵族家庭，家庭很富有，而且本人又天资

聪慧，是块学习的料子，所以很早就到各地留学深造，并最终成为伦敦皇家学会的早期成员。

听说德国有人造出空气泵能制造出真空后，波义耳在好友科学家胡克的帮助下很快就制作出设计更合理、效果更棒的空气泵，后来人们把按照这个方法制造的真空称作"波义耳真空"。有了这个装备，波义耳用实验证明了：在真空中，不同重量的物体以同样的速率下坠。从而验证了伽利略的自由落体定律。波义耳还发现声音不能再真空中传播，但电会在另一端产生效应。

使用这些真空装置，波义耳开始研究空气。他发现了空气的"弹性"，并总结出波义耳定律：如果温度不变，则空气的压强与体积成反比。经过思考，波义耳认为空气是由颗粒组成，压缩是用力让颗粒与颗粒之间变得更近些。再进一步思考，波义耳正式给柏拉图的"元素"概念下了个定义：只有那些不能用化学方法再分解的简单物质才是元素。

在波义耳的启发下，化学家们前赴后继地发现了很多物质。1754年约瑟·布拉克在空气中分离出二氧化碳，1766年亨利·卡文迪什又发现了无色无味的氢气，后来1774年拉瓦锡又分离出氧气。

拉瓦锡（1743~1794）是一个集大成者，他总结了自己的大量实验，证实了质量守恒定律。1789年拉瓦锡发表了《化学基本论述》，书中拉瓦锡使用明确的概念对已知的物质进行了分类，总结出 33 种元素和化合物（有些是错的），使得零碎的化学知识开始形成体系。更重要的是，书中还阐明了质量守恒定律和它在化学中的运用——定量分析。这为近代化学的发展奠定了重要基础，因此拉瓦锡被称作近代化学之父。

拉瓦锡的名声很快给他带来了财富，在成为法国科学院院士后不久就又当上了收税官，而且还承包了烟草和食盐的征税大权。正因为如此，在法国大革命中，拉瓦锡就理所当然的成了革命的对象，被处以死刑。

1811 年阿伏伽德罗发现：在标准状态（0℃，1 个标准大气压），同体积的任何气体都含有相同数目的分子，而与气体的化学组成和物理性质无关。请注意，"分子"第一次出现了哦，这正是阿伏伽德罗假说的奇妙之处。

可惜他的发现当时没有引起其他化学家的注意，以致化学界在原子与分子、原子量与分子量的概念上继续混乱了近 50 年。直到 1860 年 9 月在德国卡尔斯鲁厄召开的国际化学会议上，阿伏加德罗的伟大贡献终于被发现，可惜此时他已溘然长逝了。生前阿伏伽德罗没有得到任何荣誉称号，甚至没留下一张画像或照片。

由于有些物质如尿素、蛋白质等，是从动植物的生命体中提取出来的，所以被归类为有机物。早期化学家都认为，在生物体内由于存在所谓"生命力"，才能产生有机化合物，而在实验室里是不能由无机化合物合成的。1828

年德国化学家维勒无意中用加热的方法使氰酸铵转化为尿素，这说明可以使用无机化合物来合成有机化合物，从而推翻了生命力论。

但在解决有机化合物分子中各原子是如何排列和结合的问题上，直接套用无机物的理论的话，实验结果很不理想，化学家遇到了很大的困难。1858 年，德国化学家凯库勒和英国化学家库珀等提出价键的概念，认为有机化合物分子是由其组成的原子通过键结合而成的。这一理论性的突破使得有机化合物在结构测定以及反应和分类方面都取得很大进展。1874 年"同分异构体"的发现，更是把有机化学推向"立体化学"的高峰。

自然界到底有多少元素？元素与元素之间有什么关联？很多科学家进行了不同的探索，但始终没能找准规律。门捷列夫（1834～1907）也毫无畏惧地冲进了这个领域，他把每个元素的特性各自记在一张小纸卡上，开始了艰难的探索工作。幸运的是他紧紧抓住元素的原子量与性质之间的相互关系，最终于 1869 年 2 月 19 日发现了元素周期律。门捷列夫在排列元素表的过程中，大胆指出了当时一些公认的原子量不准确，后来实践证实了门捷列夫的论断，也证明了周期律的正确性。

在门捷列夫编制的周期表中，还留有很多空格，这些空格应由尚未发现的元素来填满。例如，在锌与砷之间的两个空格中，他预言这两个未知元素的性质分别为类铝和类硅。就在他预言后的 4 年，法国化学家布阿勃朗用光谱分析法，从门锌矿中发现了镓。实验证明，镓的性质非常像铝，也就是门捷列夫预言的类铝。镓的发现，再次证明了门捷列夫发现的元素周期律是多么的正确。

再以后，化学家和物理学家越来越难以划分了。唉，真让人头痛。

"17世纪最伟大的科学巨匠" 牛顿

威斯敏斯特大教堂是伦敦最著名的旅游景点之一,大名鼎鼎的牛顿就安葬在此地,墓志铭如下:

此地安葬的是艾撒克·牛顿勋爵,他用近乎神圣的心智和独具特色的数学原则,探索出行星的运动和形状、彗星的轨迹、海洋的潮汐、光线的不同谱调和由此而产生的其他学者以前所未能想象到的颜色的特性。以他在研究自然、古物和圣经中的勤奋、聪明和虔诚,他依据自己的哲学证明了至尊上帝的万能,并以其个人的方式表述了福音书的简明至理。人们为此欣喜:人类历史上曾出现如此辉煌的荣耀。他生于1642年12月25日,卒于1726年3月20日。

牛顿于1687年发表的《自然哲学的数学原理》是一部划时代的巨著,其影响之广,遍布经典自然科学的所有领域。借助数学工具特别是微积分的运用,牛顿成功地把几乎所有门类的科学梳理了一遍,从而构建构造了一个人类有史以来最为宏伟的体系,这样伟大的成就在人类历史上显然是空前的。

牛顿出生于一个英国小郡自耕农家庭,父亲很早就去世了。母亲在牛顿 3 岁的时候再嫁给一个牧师，不过 8 年后牧师也去世了。小时候的牛顿并不聪明，而且沉默寡言，不过动手能力强，据说他曾用小老鼠为动力做了一架磨坊的模型，还有一次他在风筝上挂着小灯，放上天去，村里人在晚上看见时，以为是彗星出现了。

牛顿的母亲原来希望他成为一个农民，能赡养家庭。不过中学开始牛顿喜欢上了看书，尤其是几何学、日心说等自然方面的书籍。1661 年牛顿以减费生身份进入剑桥大学。在大学里牛顿开始崭露头角并获得奖学金，但不巧 1665 年伦敦暴发了一场瘟疫，学校停课，牛顿也回到乡下老家。

在躲避瘟疫的两年里，牛顿思潮奔腾、才华迸发，其一生中的伟大成就——微积分和万有引力的初步构思，基本上都是在这个时期形成的。据说一个从苹果树上掉下的苹果正巧砸在牛顿的头上，一下子启发了他，让他开始考虑地球的引力问题。

1667 年牛顿重返剑桥大学，由于掌握了微积分（牛顿自称流数术，同时代的莱布尼茨也在德国独立发明了微积分），牛顿显得出类拔萃、异常夺目，第二年他的老师巴罗就把自己的教授席位让给了牛顿。《自然哲学的数学原理》的出版让牛顿获得了空前的声望，很快就又担任了英国皇家学会的主席，随后又被女王封为爵士。牛顿还担任了英国伦敦造币厂厂长一职，年薪高达 400 英镑，据说当时建造格林威治天文台才花费 5000 英镑，其收入之高令人咋舌。不过牛顿后期沉迷于金属冶炼，走上了魔法之路，导致其毫无建树。

既然数学这么重要，我们还是简要了解一下它的历史发展吧。初等数学时期分为三个阶段：萌芽阶段，公元前6世纪以前；几何优先阶段，公元前5世纪到公元2世纪；代数优先阶段，3世纪到17世纪前期。至此，初等数学的主体部分——算术、代数与几何已经全部形成，并且发展成熟。

初等数学基本上属于常量数学，17世纪开始出现变量数学：一是笛卡尔的坐标系产生了解析几何，从而彻底地实现了"数""形"结合，从此既可以用数学方法解决几何问题，又可以用几何方法解决数学问题。二是牛顿和莱布尼茨的微积分，其中微分学是一套关于变化率的理论，它使得函数、速度、加速度和曲线的斜率等均可用一套通用的符号进行讨论；积分学则为定义和计算面积、体积等提供一套通用的方法。三是经济的发展，如保险业、赌博业等不确定因素较多的行业需要数学家去研究概率问题。目前，概率论成为应用广泛的庞大数学分支。四是文艺复兴时期，随着绘画和建筑艺术的发展，数学家对透视法的深入研究产生了射影几何，可惜当时射影几何没有受到重视，直到18世纪末才重新引起人们的注意。

19世纪20年代，数学上出现两项革命性的发现——非欧几何与不可交换代数，数学开始了一连串本质的变化，从此数学又迈入了一个新的时期——现代数学时期。群论、线性空间、拓扑学、非标准分析、模糊数学、突变理论等等新理论的诞生，使得数学呈现出多姿多彩的局面。

当今社会，数学已经渗透到几乎所有的科学领域，并且起着越来越大的作用。可以这么讲，数学水平的高低，决定了个人在各自领域的发展程度。这里给大家一个忠告，一定要注意习题的练习，因为知识只有在实践中勤加运用才能真正掌握。唉，我是见过太多似懂非懂的例子了。

爱因斯坦、普朗克和量子理论

牛顿的力学体系为机械设计提供了科学的理论基础，而对动力的追求很快让热力学发展迅猛，第一、二、三定律很快被总结出来。科学家和工程师的共同努力让人类进入蒸汽时代。

1831年10月17日，法拉第发现电磁感应现象，并随后发明了圆盘发电机。法拉第是实验大师，但欠缺数学功力。麦克斯韦（1831~1879）凭借其高深的数学造诣和丰富的想象力对整个电磁现象做了系统、全面的研究，并用简洁、对称、完美数学形式表示出来。"麦克斯韦方程组"一问世，就被公认为科学美的典范，"难道是上帝写的这些吗?"很快，人类又进入了电气时代。

19世纪末，经典力学、经典电动力学和经典热力学结合在一块儿，构筑起了一座华丽而雄伟的殿堂。人类所知道的一切物理现象，都可以从现成的理论里得到解释，科学家们甚至认为：物理学已经终结。"物理学的未来，将只有在小数点第六位后面去寻找了。"

相对论革命的爆发要从1887年的迈克尔逊-莫雷实验

说起，两人本打算用干涉仪测一下光速差值，结果怎么都测不出来，只好宣布"实验失败"。但这个实验的失败在物理史上却应该说是一个伟大的胜利，科学从来都是只相信事实的。

把真空中光速不变当作一条基本原理，1905 年爱因斯坦（1879~1955）发表了著名的《论动体的电动力学》，开创性地提出了"时间和空间的相对性""质能互换"等全新的概念。这一年后来也被称为"爱因斯坦奇迹年"。

关于"时间和空间的相对性"有一个著名的"双生子佯谬"：有一个同时出生的双胞胎兄弟，其中一个乘坐宇宙飞船光速太空旅行，后来飞回地球时，我们会发现他比留在地球的兄弟要年轻。注意：这个是已经被实验验证过的事实哦（经计算，如果有人愿意在一架以 1000 公里/小时的速度飞行的飞机里坐上 60 年，与地面上的人相比他只能赚到千分之一秒的时间）。"质能互换"则因为大名鼎鼎的原子弹而无人不晓。我查了下资料，美国在研制第一颗原子弹期间共雇用了 12 万人，仅用在电磁线圈上的白银就高达一万吨。可想而知，我国能在 1964 年 10 月 16 日成功爆炸原子弹该有多么艰辛。

1916 年爱因斯坦完成总结性论文《广义相对论的基础》，又提出"四维时空""弯曲空间"等概念。据说爱因斯坦在发布广义相对论不久的一次宴会上，有记者采访英国物理学家爱丁顿爵士："听说世界上只有三个人理解相对论，是吗？"爱丁顿吃惊地反问："第三个人是谁？"

　　广义相对论独一无二的魅力在于它将物质存在和运动形态与周围时空的几何形状发生了联系，为蔚为壮观的宇宙学提供了研究工具。爱因斯坦通过计算后宣布：遥远的星光如果掠过太阳表面将会发生 1.7 秒的偏转。1919 年英国派出了两支远征队分赴两地观测日全食，经过认真的观测后发现：星光在太阳附近的确发生了 1.7 秒的偏转。

　　使用相对论的方程式可以推算出恒星可以塌缩成黑洞，但爱因斯坦本人却拒绝接受这个推算结果，他反对说："物质不可能如此紧致。"同样，爱因斯坦也曾经不接受用相对论方程推导出来的宇宙膨胀模型。这两项推导其实都意味着，我们的宇宙并不稳定。因此爱因斯坦后期试图在自己的方程上加一项常数，以确保宇宙的稳定。但 1929 年哈勃的观测证实：星系的确在离我们而去，宇宙就是在膨胀着。爱因斯坦后来承认："宇宙项"是他一生中最愚蠢的错误。

　　狭义相对论和广义相对论建立以来，已经过去了很长时间，它经受住了实践和历史的考验，是人们普遍承认的真理。量子理论则至今仍是一个复杂而又难解的谜题，量子论的奠基人之一玻尔说："如果谁不为量子论而感到困惑，那他就是没有理解量子论。"

　　从 17 世纪开始，"光在本质上到底是一种什么东西"这一问题就明显分为两派："波动派"和"粒子派"。牛顿在《光学》里从粒子的角度解释了实验中发现的种种光学现象。他驳斥了波动理论，质疑如果光如同声波一样，为什么无法绕开障碍物前进？这个问题让"波动派"集体沉默。

转眼间，近一个世纪过去了。英国的托马斯·杨做了个名扬四海的实验：光的双缝干涉。很快法国的菲涅耳从"横波"的性质出发，以严密的数学推理，圆满地进行了理论总结。再以后，随着大名鼎鼎的麦克斯韦方程组的加入，波动说推翻了粒子说，成为一项确凿无疑的正确理论。

随着工业的发展，金属冶炼的温度也越来越高，由于无法直接测量温度，炼钢工人全凭目测来掌握：一块生铁刚加热的时候，它将变得暗红起来，温度再高些，它会变成橙黄色，而到了极度高温的时候，铁块将呈现蓝白色。这在科学家眼里就是说明物体（理想化后的物体被称为"黑体"）的热辐射和温度有着一定的函数关系。后来热辐射计被发明出来，可以得到比较准确的温度数值。德国的维恩经过精密的演绎，于 1893 年推出维恩公式，试图从数学高度彻底地解决黑体辐射这个问题。但 1899 年的实验表明，当把"黑体"加热到 1000 多 K（开尔文）的高温时，测到的短波长范围内的曲线和维恩公式符合得很好，但在长波方面，实验和理论出现了偏差。1905 的瑞利－金斯公式解决了长波方面的问题，但对短波束手无策。

戏剧性的场面出来了，普朗克（1858～1947）纯粹是从数学角度把玩这两个公式的时候，居然无意凑出了一个新公式，恰好可以融合两个互不对付的公式。这让他又惊又喜，就在柏林的一次物理会议上将其公布于众。经过其他科学家的验证，在每一个波段里，这个公式给出的数据都十分精确地与实验值相符合。得知结果的普朗克自己都被自己吓到了，没想到这个拼凑出来的公式居然有着这样强大的威力。这样普朗克开始重新审视他的公式，它究竟代表了一个什么样的物理意义呢？

普朗克发现：如果要使得新方程成立，就必须做一个假定，假设能量在发射和吸收的时候，不是连续不断，而是分成一份一份的。后来普朗克把能量的最小传输单位称为"量子"。1900 年 12 月 14 日，普朗克发表了著名的《黑体光谱中的能量分布》，量子理论正式登场。

从量子理论出发，可以定义出最小的长度量子，即普朗克长度，也可以定义出最小的时间量子，即普朗克时间，这打断了时间和空间的连续性，许多物理学家不予接受。甚至普朗克本人也承认量子的假设并不是一个物理真实，而纯粹是一个为了方便而引入的假设而已。

第一个意识到量子概念的普遍意义并将其运用到其他问题上的是爱因斯坦，1905 年他建立了光量子理论解释光电效应中出现的新现象（该理论让他获得了 1921 年的诺贝尔奖）。这显然是支持了光的"粒子说"，却让别的科学家们感到非常地不理解。光的问题不是已经被定性了吗？这个光量子又是怎么一回事情呢？事实上，光量子是一个非常大胆的假设，它是在直接地向经典物理体系挑战。爱因斯坦本人也意识到了这一点，所以其本人也是非常谨慎地对待光量子这一概念的，称其为"非常革命"的理论。

1923 年，康普顿研究 X 射线被自由电子散射的时候，使用"光量子理论"推导出波长变化和散射角的关系式，和实验符合得一丝不苟。康普顿总结道："现在，几乎不用再怀疑伦琴射线（注：即 X 射线）是一种量子现象了……实验令人信服地表明，辐射量子不仅具有能量，而且具有一定方向的冲量。"这下，"粒子说"又把"波动说"打得一败涂地。

这里要插段关于人类对微观粒子认识的历史。在很长历史时间内，人们都认为原子就像一个小得不能再小的玻璃实心球，里面再也没有什么花样了，所以早期的原子模型被称为"实心球模型"。1897 年汤姆生发现了电子的存在后，又提出"葡萄干面包模型"，认为电子镶嵌在原子核表面。1912 年，卢瑟福发现放射性能使一种原子改变成另一种原子，这一发现打破了元素不会变化的传统观念，使人们对物质结构的研究进入原子内部这一新的层次。1908 年，卢瑟福获得该年度的诺贝尔化学奖，他对自己不是获得物理学奖感到有些意外，他风趣地说："我竟摇身一变，成为一位化学家了。""这是我一生中绝妙的一次玩笑！"

卢瑟福于 1911 年提出卢瑟福原子模型：有一个致密的核心处在原子的中央，而电子则绕着这个中心运行，像是围绕着太阳的行星，所以又被称为"太阳系模型"。然而，这个模型面临着严重的理论困难，因为经典电磁理论预言，这样的体系将会无可避免地释放出辐射能量，并最终导致体系的崩溃。换句话说，卢瑟福的原子是不可能稳定存在超过 1 秒钟的。

丹麦科学家玻尔（1885~1962）以一种深刻的洞察力预见到，在原子这样小的层次上，经典理论将不再成立，新的革命性思想必须被引入。于是他创造性地把普朗克的量子说和卢瑟福的原子模型结合在一起，提出电子的轨道必须是量子化的，不能随意取值，电子轨道"跳跃"是放出来的能量也是量子化的，不存在连续状态。玻尔理论的成就是巨大的，而且非常地深入人心，他本人为此在 1922 年获得了诺贝尔奖金。但是，麦克斯韦的方程可不管玻尔轨道的成功与否，它仍然还是要说，一个电子围绕着原子核运动，必定释放出电磁辐射来。对此，玻尔也感到深深的无奈，他还没有这个能力去推翻整个经典电磁体系。

法国科学家德布罗意突发奇想：能不能把电子从原子核上解放出来，单独研究一下呢？德布罗意赋予电子质量和能量，再套用下爱因斯坦的质能方程和普朗克公式，好吧一切都没问题，除了普朗克公式中的频率无法消掉。既然长着这么一根尾巴，不如直接宣布电子是一种波吧。

电子居然是一个波！这未免让人感到太不可思议。假如说当时全世界只有一个人支持德布罗意的话，他就是爱因斯坦。爱因斯坦对德布罗意的怪诞想法马上予以了高度评价，称德布罗意"揭开了大幕的一角"。整个物理学界在听到爱因斯坦的评论后大吃一惊，这才开始全面关注德布罗意的工作。很快，实验就证明：在某种情况下，电子表现出纯粹波动性质来。电子无疑是一种波（物质波）。再后来，随着原子核内部探索的深入，人们发现质子、中子、介子等核子都表现出波动性。这怎么回事？世界是原子构成的，原子是波的话，那这个世界不成了波吗？你、我难道都是波吗？

就在差不多的时候，爱因斯坦也收到了一封来自印度的陌生来信，里面的内容让其震惊不已：这个叫玻色的无名小子把光看成是不可区分的粒子的集合，从这个简单的假设出发，居然推导出了普朗克的黑体公式！爱因斯坦又进一步完善玻色的思想，发展出了后来在量子力学中具有举足轻重地位的玻色-爱因斯坦统计方法，并预言自旋为整数的粒子，在低温下将形成玻色-爱因斯坦凝聚现象。2001年，三位来自美国和德国的科学家用实验证实了这一现象并获得诺贝尔物理学奖。

好了，可以总结一下了："波动说"对光电效应、康普顿效应等现象束手无策，而"粒子说"也无法解释双缝干涉。两派谁也奈何不了谁，长期的战争已经使物理学的基础处在崩溃边缘，它甚至不知道自己是建立在什么东西之上。有人开玩笑地说：科学家们单日子里支持波动说，双日子里支持粒子说，星期天则集体到教堂祈祷。

德国科学家海森堡站出来说：什么轨道、层级，你们谁看过电子绕轨道运动了？现在是放弃形象化的时候了，一切要让数学说话。海森堡用线性代数中的"矩阵"这种抽象的数学体系来表示位置、速度等力学量，创立了量子力学中的一种形式体系——矩阵力学。

对于当时其他的物理学家来说，海森堡的新体系无疑是一个怪物。人们一再追问，这里面的物理意义是什么？海森堡却始终护定他那让人沮丧的立场：所谓"意义"是不存在的，如果有的话，那数学就是一切"意义"所在。物理学是什么？就是从实验观测量出发，并以庞大复杂的数学关系将它们联系起来的一门学科。但当仅仅几个月后，奥地利物理学家薛定谔用人们所喜闻乐见的传统方式发布他的波动方程。建立波动力学后，几乎全世界的物理学家都松了一口气，物理学又开始走上了可以实体化理解的道路。当然，人人都必须承认，矩阵力学本身的伟大含义是不容怀疑的。

由于两个理论的创始人都只对自己的理论深信不疑，而较少领会对方的思想，因而一场争论就不可避免了，他们都对对方的理论提出了批评。不过到了 1926 年 4 月，人们发现两种力学在数学上来说是完全等价的！事实上，通过追寻它们各自的家族史，会发现它们都是从经典的哈密顿函数而来，只不过一个是从粒子的运动方程出发，一个是从波动方程出发罢了。数学上的一致并不能阻止人们对它进行不同的诠释，就矩阵方面来说，它的本意是粒子性和不连续性，而波动方面却始终在谈论波动性和连续性，所以两派的争论仍没有终结。

乘法的交换律是不适用矩阵运算的，所以海森堡的矩阵力学体系里，先观测动量再观测位置得到的结果，和先观测位置再观测动量结果完全不同。另外，在粒子条件下，我们的测量动作会对被观测对象造成很大影响，动量和位置不管我们亲近哪个，都会同时急剧地疏远另一个（时间和能量也是如此的），这就是著名的"测不准原理"，也叫"不确定性原理"。不确定性原理彻底推翻了以往机械决定论：如果人们连现在的状态都不能准确测量，那就肯定不能准确地预言将来的事件了。

而薛定谔的波动方程中则存在一个幽灵一般的函数ψ，薛定谔本人认为这就是电子电荷在空间中的实际分布。但他的老师波恩则认为，它代表的是一种随机，一种概率。爱因斯坦对此极其反感："难道上帝在掷骰子?"

鉴于大家的争执，1927年玻尔提出"互补原理"：所有的属性都是同观察联系在一起的，电子是粒子还是波?那要看你怎么观察它。如果采用光电效应的观察方式，那么它无疑是个粒子；要是用双缝来观察，那么它无疑是个波。现在玻尔的互补原理、波恩的概率解释、海森堡的不确定性成为量子理论的核心原理，三者共同构成了量子理论大厦的基石。

量子理论发展到现在，已经到了一种很玄奥的地步，平行宇宙、多维空间、大统一理论、量子场论、幽灵粒子、强人工智能、量子计算机、曲相推进等堪称梦幻的新思潮、新技术如雨后春笋般兴起，令人叹为观止（我写不出来，但你不去了解一下真的很可惜）。虽然世界的真实意义对我们来讲仍然扑朔迷离，甚至科学家的探索反而让我们更加困惑，但我们还是要赞美他们，是他们的智慧让我们人类的历史如此雄伟壮观、光辉灿烂。最后，借用霍金的话作为结语：如果我们真能发现一个完全的结论，届时我们就能知道上帝的想法了。

中国历史系列小故事

第三章

◎

　　为了减少对历史学习的困惑，这次梳理一下我们中国的历史脉络。因为内容必须简练，所以写的都是大事件，不免帝王将相写得多了点，但历史显然绝不是帝王的家事，这是我们先辈们曾经的生活啊。他们可能是田中举耜的耕夫、溪边垂钓的渔人，也可能是诗酒疏慵的文士，又或者是梦惊晓枕的游子。他们或登帝王殿堂，或遁寂寞茅舍或草履芒鞋寻清幽山寺，或闲骤玉骢游柳陌花衢。他们横贯八荒，纵连千古，汇成中华文明的滔滔江河，天际而来，连绵不绝。噫，斯人已逝，可待唯我。诚如是言：对历史的最好纪念，就是创造新的历史，士不可不弘毅。

三皇五帝及夏商

三皇时期

1. 燧人氏时期人类开始钻木取火，终结了茹毛饮血的生活。

2. 伏羲氏时期产生了文字、计算、音乐，人类结绳为网，渔猎技术向前进了一大步。

3. 神农氏时期人类农业技术大进步，五谷、茶叶、中草药、农具开始成系统的发展。

五帝时期

黄帝统一华夏部落与征服东夷、九黎等族，分天下为九州。颛顼，黄帝的孙子。喾，颛顼的侄子。尧，喾的儿子。舜，颛顼的后代，受尧的"禅让"登位（不过根据《竹书记元》："舜囚尧于平阳，取之帝位。"）。

夏朝

1. 禹治水有功，舜将帝位"禅让"于禹（韩非子《说疑篇》记载"禹逼舜"）。大禹死后，将帝位传于儿子启，改"禅让制"为"世袭制"，夏朝建立。

2. 根据《竹书纪年》的说法，桀"筑倾宫、饰瑶台、作琼室、立玉门"。奢侈享受，生活腐烂。他认为自己的统治很稳固，表示"太阳灭亡，我才会灭亡"，但百姓指着太阳说："时日曷丧，予及汝偕亡。"意思是说太阳何时灭亡，我愿意跟你一起死去。

商朝

1. 汤有一次狩猎，见部下们张网四面并祷告说：上下四方的禽兽尽入网中。汤命令去其三面，只留一面，并祷告说：禽兽们，"欲左，左；欲右，右。不用命，乃入吾网"。汤网开三面的消息传到诸侯耳中，都称赞汤的仁德可以施与禽兽，必能施与诸侯，因此纷纷加盟。

2. 辛（商纣王）武力值惊人，能徒手与熊搏斗和倒拽耕牛，而且异常聪明，其"知足以距谏，言足以饰非"。周武王进军到商朝朝歌郊外牧野誓师的时候，不过也列出辛的六大罪证："酗酒、不用贵戚旧臣、重用小人、听信妇言、信有命在天、不留心祭祀。"吁，子贡曰："纣之不善，不如是之甚也。是以君子恶居下流，天下之恶皆归焉。"

周 （西周与东周）

西周

1. 姬旦，是周文王姬昌第四子，周武王姬发的弟弟，其采邑在周，爵为上公，故称周公。武王灭商二年后去世，其子成王尚且幼小，周公代为处理政务，共摄政六年。周公高度重视人才，曾有"一饭三吐脯，一沐三握发"的佳话。又制礼作乐，创制了大量的典章制度，并提出"敬德保民""明德配天""明德慎刑""有孝有德"等思想，其言论见于《尚书》之《大诰》《康诰》《多士》《无逸》《立政》诸篇。汉初大思想家贾谊评价曰："孔子之前，黄帝之后，于中国有大关系者，周公一人而已。"

2. 西周传到周厉王手上时已经衰落了。周厉王的父亲周夷王时期，《后汉书》记载"夷王衰弱，荒服不朝"，楚国国君熊渠甚至自封了自己的三个儿子为"句亶王""鄂王""越章王"。这简直就是赤裸裸的打脸啊，不能忍了。周厉王上位后先后发动了"攻噩之战"和"淮夷之战"，全都取得了胜利，这一下四方诸侯全都愣住了，一个个都老实了起来。楚国国君熊渠也吓得赶紧取消了儿子的王号，装作没事人一样，不敢再提此事。可惜打仗要花钱啊，最终负担还是压在了周的"国人"（注意这个词）身上，面对国人的议论，周厉王采取了高压政策，凡是议论朝廷的，"以告则杀之"。很快国人都不敢说话了，走在路上也只敢相互交递个眼色，所谓"道路以目"。耳朵清净了，周厉王很高兴。结果三年后，都城镐京内的国人最终不堪忍受，发动暴动攻入王宫。周厉王吓得逃到山西临汾，躲避至死。都城内的周定公、召穆公根据贵族们的推举，暂时代理政事，重要政务由六卿合议。这种政体称为共和，史称"周召共和"或"共和行政"。

3. 周幽王喜欢美女褒姒到狂热的地步，居然废了王后（申国国君之女）和太子。后申国联合犬戎攻入镐京，并在骊山下杀死了周幽王。周幽王死后，诸侯拥立被废的太子宜臼为王，周平王宜臼为避犬戎之难，于公元前770年迁都洛阳，东周开始。

4. 郑庄公辅助周平王有功，被封为"卿士"。但周平王后来觉得郑国实力过强，想压制一下，就以郑庄公没有及时就任为由，撤了他的官职。郑庄公不愿意，马上到洛阳施压，周平王再三赔礼，并恢复了郑庄公的"卿士"官职，但郑庄公仍然不依。周平王只好提出让儿子姬狐到郑国作人质。不过此举太有损周天子的颜面，于是群臣提出相互交换人质的办法，也让郑庄公的儿子来洛阳作人质。这是当时社会"礼崩乐坏"的标志性事件，史称"周郑交质"。

5. 周平王死后，继位的周恒王将大权交给西虢公。心怀不满的郑庄王命人进入王地，"割了温地之麦，收了成周之禾"。周桓王生气了，后果很严重，集结了陈国、蔡国、卫国等几个国家去讨伐郑国。郑国诱敌深入，并用新型的"鱼丽"阵法杀得周室联军人仰马翻，落花流水。郑国有个大夫叫祝聃的，居然还乘乱用箭射伤了周桓王。祝聃这一箭，将周朝天子高高在上的形象完全破坏了，大家都算看明白周王室已经成了空架子，自此诸侯争霸的"春秋"时期到来。

6. 齐桓公、晋（文公、襄公、悼公）、楚庄王、吴王阖闾和越王勾践，先后完成了"诸侯会盟"这一重大称霸标志，故被称为春秋五霸。至于郑庄王虽然在春秋初期很出彩，郑国当时也是事实上的老大，但郑庄王一生未集结诸侯和制定盟约，故勉强可称为"庄公小霸"。而春秋首霸的齐桓公"九合诸侯，一匡天下"，那可风光的太多了。

7. 晋国地理位置优越，国力强盛，在春秋时期称霸百年，会盟多次。但到晋出公时期，权势落入韩赵魏和智氏四大家族手里，其中智氏势力最大。为限制其他三家，智氏家主提议四家都各自献出百里土地和万户人口归国君直接所有。这个提议的真实目的大家都懂得哦，但碍于实力差距，韩、魏两家乖乖认怂了，只有赵家坚决不从。智氏就带领韩、魏两家发兵攻打赵家，战争打了两年，但到了最紧要关头，韩、魏两家居然与赵氏联盟，反水杀了智氏。晋出公得知三家杀了智氏后，跟齐鲁两国借兵，意图趁机收了军政大权，结果兵败，死在了出逃的路上。此后，赵魏韩三家通过局部摩擦和和平交换，逐渐把晋国的土地给彻底瓜分了。前403年，赵魏韩三家共同向周王室提出建国，获得合法性地位。自此，齐、楚、燕、韩、赵、魏、秦"七雄"并立，国家兼并的"战国时代"开始。

8. 错用"纸上谈兵"的赵括，在长平之战后元气大伤的赵国，三年后再次被秦兵包围。不料这次"战国四君子"之一的信陵君"窃符救赵"，反而把秦军打了个落花流水。这可是秦国自"商鞅变法"后的少有的大败，诸国瞩目。此时同为"四君子"之一的春申君（名不副实啊）向楚考烈王建议：趁他病，要他命！楚王很动心，但还有点犹豫。春申君继续献策：可以打着周天子的旗号，搞多国部队围殴啊。"好，就这么办！"考烈王和得到了消息的周赧王都很高兴。周赧王勉强凑齐了6000人，可打仗那打的是经济啊。钱不是问题，问题是没钱，周赧王无奈以天子的面子向有钱的商人、富户借了一大笔钱，总算是把部队建起来了。结果到了预定的集结时间地点，除了燕国象征性地派了点兵外，其他国家压根儿没来。楚考烈王大手一挥：散伙！秦昭襄王听说了这事，很生气，周赧王吓得主动投降，献出了全部的土地和人口，自己搬到了伊阙（今洛阳龙门）南边的新城去住。那些借过周赧王钱的债主们一齐赶到新城向赧王讨债，赧王无法招架，就躲进城内驿馆内的一座高台上。这就是成语"债台高筑"的来历。自此，东周亡。

9. 多数人听说过"兵圣孙武"，其实应为"兵圣孙、吴"。这里的"吴"就是吴起，武庙十哲（这个知识点可以了解一下）之一。该人最初在曾参（孔子亲传弟子）的儿子曾申门下学习儒术，后来转而研究兵法，所以吴起的治军思想有儒学的底子："凡治国治军，必教之以礼，励之以义，使有耻也。"他在军中睡觉不设席子，和普通士兵吃相同的饭菜，行军时不乘车，而是背负干粮，坚持与士兵们一道步行，这就叫"廉平"。看，"礼、义、廉、耻"全了！当时的名士鲁仲连叹曰："食人炊骨（吃人肉充饥、烧骨头取暖，形容条件极端恶劣），士无反北（背叛）之心，是孙膑、吴起之兵也。"

秦、汉（西汉与东汉）

秦

1. 秦国在秦穆公的时候，进入强国序列，但此后一路走低。到秦献公时期，遭魏国欺负，被迫割地、迁都和讲和，才换得了短暂的和平。秦孝公继位后，为雪耻和强国，颁布了“求贤令”向天下求才，卫国的公孙鞅（后取得封地“商”，后人称商鞅）听说后就前来应聘。第一次见面，商鞅跟秦孝公谈尧舜禹汤的帝道，秦孝公听得昏昏欲睡；第二次见面，商鞅给秦孝公谈周文、武王的王道，这次秦孝公情绪仍然不高；第三次，商鞅跟秦孝公谈春秋五霸的霸道，结果秦孝公听得手舞足蹈，差点从椅子上掉下去。

2. 商鞅重农抑商，严刑治民，重赏军功，短时间内使秦国国力暴涨。但这种“人头换军功”的做法，招致其他国家的强烈抵抗，也给秦国引来诸国四次合纵之祸（第五次性质不同，是六国生存之战）。吕不韦执政秦国后，改变法家治国的路数，取儒、墨、道、法、兵、农、阴阳等各家之益处，以“杂家”治国，既重视农业生产，又鼓励商业，对外倡导"义兵"，"入于敌之境……不虐五谷、不焚室屋、不取六畜……以彰好恶，信与民期"，结果"邻国之民，归之若流水，诛国之民，望之若父母"，秦国的疆域达到了历史巅峰。后来秦王嬴政统一六国，其实基本没费多大力气。

3. 项羽很重情义，属下有人生病，他能心疼到流泪，还把自己的饭分给这个人吃。然而等到属下有了功劳应当受赏封爵的时候，他却把大印拿在手里，直到玩弄得磨去了棱角，还舍不得封赏。刘邦则知人善用，用人不疑，有功立奖，"与天下同利"，结果项羽手下的陈平、韩信等人才纷纷转投刘邦，天下归汉。

汉

1. 楚汉争霸时，长城外边的匈奴族出现了一个英雄人物——冒顿。他在政治、军事、制度等方面有相当建树，使匈奴成为北方最强大的民族，占有南起阴山、北抵贝加尔湖、东达辽河、西逾葱岭的广大地区，号称"拥控弦之士三十余万"（还全是精锐骑兵）。匈奴的强大，对新生的汉朝构成了巨大威胁。高祖七年（前200）刘邦亲率大军出征匈奴，不料中计被围困在白登山七天七夜，最后靠陈平向冒顿的老婆阏氏行贿才得以脱险。此后，汉王朝被迫以"和亲"之策，才换得边境大致的安宁。

2. 冒顿死后，其子继位，号老上单于。汉文帝继续与匈奴和亲，派太监中行说送宗室女去匈奴。中行说本不肯去，但还是被强行派遣。怨恨之下，中行说到匈奴后立刻归降，其极力破坏汉匈和亲，并鼓动老上单于伺机南下攻汉。这大概是历史上第一个名副其实的汉奸了。

3. 汉文帝之后六年，匈奴大规模入侵汉朝边境。为抵抗匈奴，汉朝分别在灞上、棘门、细柳驻扎军队。文帝为鼓舞士气，亲自到三处驻军去慰问。接到皇帝卫兵（先头部队）的通报后，灞上和棘门两处都营门大开，将军们带着属下很恭敬地远远地迎送。只有细柳营处营门紧闭，不让卫兵进入。而且士兵们全部披戴盔甲，手中握着兵器，射手们开弓搭箭，做出将要射击的动作，戒备森严。最后皇帝派使者拿符节才得以入营，而且还被告知"军中不得驱驰"。出了细柳营的大门，所有人都深感惊诧，文帝感叹地说："嗟呼，此真将军矣。先前的灞上、棘门的军营，简直就像儿戏一样！"一个月后，匈奴兵退去。文帝升周亚夫为中尉，负责京师的警卫。

4. 汉朝初期，分封制和郡县制并存，刘邦死前还和群臣立下了"非刘姓不王"的盟誓，其本意是利用宗族血脉关系捍卫皇权。但没想到两三代过后，诸刘姓封王之间血脉越来越淡薄，竟成为皇权最大的威胁。汉景帝强力"削藩"，结果发生"七国之乱"，形势一度十分危险。汉武帝时颁布"推恩令"，规定诸王必须给所有儿子在本国内封侯（嫡长子继承王位），结果不费任何气力，各王国越分越小，"大国不过十余城，小侯不过十余里"，再也不足与中央朝廷抗衡。

5. "推恩令"威力巨大，汉武帝的亲弟弟刘胜，受封中山靖王，他的后代被推恩几代后，穷的只能以卖草鞋为生了。嗯，说的就是刘备。

6. 汉武帝一生武功赫赫。在卫青、霍去病等杰出将领的带领下，汉军马踏匈奴，封狼居胥；震慑西域，设置都护府；东征朝鲜，南灭百越，"强汉"的民族威名远扬四方。但另一方面，由于长期的战争损耗了大量国力，加上武帝晚年迷信方士和"自奉奢侈，巡游无度"，导致"海内虚耗，户口减半"，民众负担过大，差点引发统治危机。汉武帝晚年下《轮台诏》，自称"使天下愁苦，不可追悔"。强调要"禁苛暴，止擅赋，力本农"。宋代司马光在《资治通鉴》里认为，汉武帝"有亡秦之失，而免亡秦之祸"，原因在于"晚而改过，顾托得人"。

7. 所谓"顾托得人"说的就是霍光，他是名将霍去病同父异母的弟弟。霍去病死后，汉武帝思念旧人，就把霍光封为奉车都尉，在自己身边听差，据载"未尝有过，甚见亲信"。汉武帝临终之时指定霍光为大司马、大将军，辅佐时年 8 岁的汉昭帝。霍光一生辅佐过三个皇帝（中间废了个汉废帝刘贺），是朝政实际上的决策者。他对内采取休养生息的措施，鼓励农业生产；对外缓和了同边境其他民族的关系，使得汉朝国力得到极大的恢复，出现了"昭宣中兴"的大好局面。霍光死后，汉宣帝以皇帝级别的待遇为其举办了葬仪。

8. 王政君成为皇后的上位史堪称开挂，一路好运连连。她 14 岁时，父亲将其嫁给一个官员的儿子，结果没过门（指举办婚礼）对方就死了。后来又许给东平王为妾，结果没过门东平王也死了。到了18岁那年，正好宫里选人，她父亲就把女儿送到了宫里。过了一年，汉宣帝为太子选妃，王政君是首批进殿的五人之一。其实太子本无心选妃，但为了完成父皇的旨意只好在远处随便挥了一下手："就那个吧。"大家摸不着头脑，但也不敢再问，就选了太子挥手时大致方向处的王政君。太子并不喜欢王政君，谁知王政君侍宿一夜而怀孕生子（这还是太子的第一个儿子）。母以子贵，没几年王政君就成了皇后，然后又是皇太后、太皇太后，母仪天下长达61年。西汉末年的王氏外戚集团权倾天下，最终由王莽改朝换代，这一切都是由王政君入宫开始发展起来的。

9. 对王莽的评价严重两极化，骂他的人说他是"逆臣贼子"，赞他的人说他"思想超前"。不过总体而言，王莽确实是一个怀有儒家复古理想并在现实中推行的人。只不过，他大概忘了孔子在《礼记·中庸》的一句话："生今之世，欲反古之道，如此者，灾及其身也。"

10. 王莽在改制中过于自信，甚至达到刚愎自用、拒谏饰非的地步，而且政令变更频繁，"朝令而夕改"，百姓未蒙其利，先受其害。再加上发生蝗灾、旱灾，饥荒四起，各地起义浪潮此起彼伏。湖北绿林军推出更始帝刘玄，并成功逼死王莽，但其随后被另一支起义军（赤眉军）推出的建始帝刘盆子打败。再后来光武帝刘秀打败赤眉军，建都洛阳（南阳为副首都），东汉开始。

11. 东汉连续出现"光武中兴""明章之治""永元之隆"的大治局面，国力持续攀升，人口和疆域都达到了新的顶峰。

12. 汉和帝继位时年仅 11 岁，由其母亲窦太后临朝听政。太后的亲戚窦宪等开始掌握实权，形成了外戚专政的局面。但是渐渐年长的汉和帝越来越不满大权旁落的情形，于是宦官郑众等趁机谋划，将窦氏戚族一举扫灭，夺回政权。郑众等宦官因此得以封侯升官，"宦官用权自此始矣"。

13. 奇怪的是，自汉和帝（含）之后，东汉的皇帝都是娃娃登基，政权就在外戚与宦官争夺打斗中的剧本里循环，皇帝则似完全成了傀儡，直至东汉走向灭亡。

三国、西晋、五胡十六国、东晋

三国

1. 汉灵帝时期，外有边疆战事不断，内有宦官外戚争斗不止，加上全国大旱，故全国爆发大规模的黄巾起义。为平息起义，汉灵帝下令各郡自行募兵守备，从此地方州郡长官拥兵自重，最终导致三国局面的形成。

2. 汉少帝刘辩即位之后，也是按照前面所说的剧本来演。皇帝年幼，何太后垂帘听政，她的亲戚大将军何进掌权，但受到宦官集团的制约。何进欲调西北军董卓进京，武力解决宦官集团。不料事情败露，外戚和宦官的势力竟同归于尽，董卓入京后轻轻松松就控制了政权。

3. 董卓被吕布杀死后，其手下李傕、郭汜等人逃至陕西，同时派人向京城上表请求宽赦。司徒王允向皇帝进言："可大赦天下，独不赦此一支军马。"消息传回军中，大家本来打算就地解散，各自逃命。此时军中谋士贾诩劝说："诸位就这样散去的话，那么即便面对一个小小的亭长也只能俯首就擒了，还不如一起杀回长安，万一失败了再逃也不迟。"如此，天下彻底大乱。

西晋

1. 司马昭伐蜀成功，后主刘婵投降，蜀灭。司马昭死后，其子司马炎逼迫魏元帝曹奂禅让，魏灭。司马炎伐吴成功，吴主孙皓投降，结束了三国鼎立的局面。

2. 晋武帝司马炎前期能厉行节俭，虚心纳谏，发展了生产，减轻了人民的负担，"赋税均平，人咸安其业而乐其事"。出现了"太康之治"的繁荣局面。而其后期则安逸享乐，怠惰政事。有一次，晋武帝在南郊祭天，得意洋洋地问司隶校尉刘毅："朕可以与汉朝哪一个皇帝相比？"刘毅脱口而出："可以和汉桓帝、汉灵帝相比。"晋武帝很吃惊："真的是那样吗？"刘毅回道："桓、灵二帝卖官的钱还能入国库，陛下卖官的钱都进了私库，相较而言，还不如人家呢。"晋武帝大怒，但很快转而笑言："桓灵之世，有谁敢这样说话？朕有你这样敢于直言的臣子，已经比桓灵强多了。"

3. 晋武帝认为东汉及曹魏政权垮台的原因是地方家族势力发展过大，而王室宗族势力衰微造成的，故将其祖司马懿以下宗室子弟均封为王，这些王爷掌握军权且镇守要地，权力极大。

4. 晋武帝去世后司马衷即位，是为晋惠帝。司马衷一般被评价为"甚愚"或"白痴"，武帝也多次对这个儿子的能力表示怀疑并进行了考验，而司马衷则在谋臣的献策下通过了这些考验。司马衷在位时，一次某地闹灾荒，老百姓没饭吃，饿死不少。有人把情况报告给司马衷，但司马衷却很困惑："他们为什么不吃肉呢（何不食肉糜）?"
因此，晋惠帝时期皇后贾南风专权。贾后彪悍，逼死婆婆
（皇太后），谋杀太子（非亲生），杀死重臣（也是亲戚），
弄得司马氏宗族内的家庭矛盾极其严重和尖锐。

5. 赵王司马伦伪造晋惠帝的诏书，武力除掉皇后贾南
风后，个人野心开始膨胀，竟然废了惠帝自己当上了皇
帝。其他王爷自然不服啊，齐王、成都王、河间王联合起
兵，打败司马伦。胜利后三王又相互掐架，后期卷入的王
爷越来越多，但势力和影响较大的王爷有 8 个，故称"八
王之乱"。此乱，延续 16 年。

五胡乱华和十六国时代

1. 东汉时期为了防止异族作乱，先后迁移了大批匈奴
族和羌族至国内进行管理；曹操时期又迁移了 20 万氐族
人至关中；羯族比较神秘（记载不详），曾作为匈奴族的
附属部落存在；鲜卑族占据蒙古草原，部分部落如拓跋
部、乞伏部则在三国、西晋时期内迁至云中、河西一带。

2. 西晋时期由于游牧民族大量内迁杂居，已经产生了
一些民族矛盾。当时一些官员也已经提出"非我族类，其
心必异""为祸滋扰，暴害不测。此必然之势，已验之事
也"之类的警告，并有"各附本种，反其旧土""戎晋不
杂，并得其所"的建议和"绝远中国，隔阂山河，虽为寇
暴，所害不广"的考量，可惜未引起皇帝的重视。

3. 八王之乱以后，汉族政权的西晋国力空虚，民生凋
敝，军事力量迅速衰退。其他民族趁机起兵，逐鹿中原，

在百余年间，先后建立了数十个强弱不等、大小各异的政权（也有一些汉族小国），其中匈奴、鲜卑、羌、羯、氐族人建立的政权为祸较大，故史称"五胡乱华"。

4. 五胡时期，最早建国的是氐族领袖李雄，在四川成都称帝。当时有人写信劝李雄去掉尊号，向晋朝称藩做属臣。李雄回信说："当初起兵，好比常人举手保护脑袋一样，本来不希求帝王的基业""可是天下丧乱，晋室衰微颓败，恩德声誉都没有""诸位于是推举我，志在拯救涂炭的生灵罢了"。当时中原大乱，而蜀地长时间保持了平安无事，安置了不少避难的汉族人。

5. 匈奴族刘渊自幼就学习汉族文化，壮年时游京师，竟能与诸名士"遨游成均，持论上下"，连晋武帝都对其赞赏有加。八王之乱时，"成都王"司马颖顶峰时期曾为皇太弟，自领丞相之职。他任命刘渊为北部单于、参丞相军事，讨伐"东嬴公"司马腾。结果刘渊到了左国城（今山西离石）后，当地匈奴族人（号称 10 万）立即奉其为"大单于"，期望他能恢复祖先的基业。刘渊听后说道："对，应该做高山峻岭，怎么能甘心做低矮的小土丘呢？天下的帝王又不是固定不变的。"而且"我们的祖先曾与汉朝相约为兄弟，兄长灭亡了，弟弟来继承，不也是应该的吗？"故，刘渊筑坛设祭，自称汉王，建立汉国（史称汉赵、前赵），追尊刘禅为孝怀皇帝。

6. 汉赵建国后，多次进攻洛阳，并于第三次攻破洛阳，俘获晋怀帝，杀王公士民三万余人。怀帝被杀后，其侄子司马邺于长安即皇帝位，为晋愍帝。三年后，汉赵又攻破长安，俘晋愍帝，西晋灭亡。

7. 刘渊死后，其子刘聪杀兄篡位。8年后刘聪死，子刘粲继位，不久大将军兼国丈靳准（匈奴族）发动政变，自立为"汉天王"。这个天王不但打算归还晋朝的传国玉玺（此事未成），而且还把怀帝和愍帝的棺材送回东晋，写信称："屠各小丑安敢称王，乱大晋使二帝播越，今送二帝梓宫于江东。"把晋元帝整得一愣一愣的。

8. 靳准政变后，在外领兵的汉赵大将刘曜（匈奴族）、石勒（羯族）立即领兵杀回都城，杀靳准。后两人各自称帝，但均自号"赵"，二赵并立（史称后赵）。又有汉族张茂在凉州（今甘肃一带）建立政权，有鲜卑族慕容廆占平州，被东晋封辽东公（其子建"燕"国）；后赵石勒势力发展迅猛，一度几乎占据除了前凉、辽东外的北方全部地区。

9. 石勒死后，其侄子石虎杀石弘，篡位。石虎残暴，似乎有严重心理疾病，对汉族压迫极为残酷。其养子冉良（汉族，作战勇猛，石勒令石虎收为养子）的儿子冉闵趁石虎死后，诸子争位之机，起兵杀掉已继位的石鉴，并发布了"杀胡令"和"讨胡檄文"致书各地。这彻底点燃了汉族人民积压半个世纪的怒火，于是汉族人民对胡人进行规模空前的民族复仇。在中原地区的羯族甚至被杀绝（北方另有一支约万人的羯族，依附于鲜卑族，后期危害南朝甚大）；羌、氐等民族被迫退往关中（后分别建立前秦、后秦政权）；其他一些少数民族如丁零族、乌恒则退入蒙古草原，依附于鲜卑族，客观上增强了鲜卑族的实力。

10. 冉闵（汉族）建立大魏政权后，一直受到胡人的联合攻击。冉闵希望在政治和军事上能够得到东晋朝廷的支持，就遣使临江告东晋："胡逆乱中原，今已诛之。若能共讨者，可遣军来也。"由于冉闵称帝，故"朝廷不应"。三年后，鲜卑族的前燕慕容氏率大军破魏，冉魏帝国灭亡。

11. 前秦的苻坚（氐族）登位后，重用汉族的王猛（又一个武侯），国力大涨，不但灭了前燕，成功统一了北方，还夺取了蜀地，形成南北对峙局面。在统一北方、巴蜀的过程中，苻坚多行仁义，未有屠城暴行。就在前秦挥师南伐，意图一统天下时，不意却在淝水之战败给东晋谢玄，导致国内混乱，被姚苌（羌族）趁机取代，建立后秦。后燕、西燕、西秦，北魏、后凉、南凉、西凉、西蜀等纷纷建国，北方再次大分裂，战争连绵不绝。

12. 后秦国赫连勃勃（匈奴族）叛变，自立夏国。赫连勃勃先后打败南凉、后秦、西秦，并夺取了长安，并在灞上（今陕西蓝田）称帝。但为了和北魏抗衡，最终选择在统万城（今陕西靖边）建都。

13. 公元439年，北魏拓跋氏（鲜卑族）统一北方，五胡乱华时代结束。中国北方进入北朝时代。

14. 最后，看看人物细节吧，以下都是正史记载。李雄："天挺英姿，见称奇伟"；刘渊："容仪机鉴""文武长才"；慕容皝："沈毅自处，颇怀奇略"；刘聪："骁勇绝人，博涉经史，善属文，弯弓三百斤"；刘粲："少而俊杰，才兼文武"；石勒："豪爽脱略，料敌制胜""雅好文学"；石虎："勇冠当时""御众严而不烦"；刘曜："天资虓勇""善于属文，工草书隶"；苻坚："性至孝，博学多才艺""宏达大度，善驭英豪，神武卓荦，录功舍过，有汉祖之风"；姚苌："年少勇武，颇有权略"；张茂："虚靖好学，不以势利为心"；赫连勃勃："器识高爽，风骨魁奇""雄略过人"。唉，都是能领一时风骚的英雄人物啊。无怪南宋谢采伯在《密斋笔记》中感慨："若刘渊、聪、粲、曜，石勒、虎、闵、苻生、赫连勃勃等，其凶徒逆俦，淫酷屠戮，无复人理，祸亦不旋踵矣。"

东晋

1. 西晋亡国后，琅邪王司马睿在建康（今江苏南京）称晋王，是为晋元帝，史称东晋。东晋政权虽然是司马氏的延续，但皇权一直偏弱，朝政都由世族把持。这些世家大族本身都拥有大量田地，拥有自家部队——"部曲"，乃至军事基地——"坞堡"，有足够实力抗衡司马氏政权。

2. 由于北方乱局，大批汉族缙绅、士大夫及庶民百姓南下以躲避战乱，史称"衣冠南渡"。这促进了南方的文化和农业、手工业、商业的发展，使得中国的经济中心第一次南移。

3. 东晋政权基本由王、谢、庾、桓四大族势力把持，虽有冲突但大体平衡，故保持了较长时期的稳定。后王、谢、庾三族相继衰落，桓氏成为唯一的大族，桓玄便轻而易举地废了晋安帝，自立为皇帝，国号"楚"。

4. 桓玄称帝后为消除隐患，欲瓦解原东晋设立的武装"北府兵"（系淝水之战的功勋部队），该军将领刘裕被迫兵变，后各世族势力推刘裕为盟主，击败桓玄，恢复了东晋政权。

5. 刘裕审时度势，启动北伐战争，并借机推行了一系列军事上、政治上的措施，从中积累了人脉和资源，打下帝业基础。条件成熟后，刘裕废晋恭帝自立，国号"宋"，史称南朝宋，东晋至此灭亡。中国南方进入南朝时代。

南北朝、隋、唐

南北朝

1. 北魏太武帝拓跋焘（第三任），南朝宋文帝刘义隆（第三任），中国南北对峙，正式进入南北朝时代。

2. 南方的政权有：宋、齐、梁、陈，上述政权按顺序先后发生替代；北方的政权有北魏、东魏、西魏、北齐、北周，其中北魏分裂为东魏、西魏（两政权同时并立），后来北齐代替东魏、北周代替西魏（两者也是并立）。尽管南北两地的政权不断变化，但是南北对峙的整体势态并没有得到太大的改变，大约对峙了160年之久。

3. 北魏虽然是鲜卑族拓跋氏建立的政权，但从第一代拓跋珪时就开始吸收汉族的文化制度，其解散部落，实施编户，又建立宗庙，设立官职，制定冠服，而且自己也"好老子之言，诵咏不倦"。在他的教育下，他的儿子拓跋嗣（第二任皇帝）"宽厚弘毅，非礼不动""性素纯孝"，而且"礼爱儒生"，特别重视招纳汉族士人参政，很多汉族人才都得到了重用。第三任皇帝拓跋焘也是尊崇孔子，提倡儒学，继续重用汉族人才。第四任的孝文帝拓跋宏更是精通儒家经义、史传百家，对汉文化推崇之至。为了摆脱鲜卑旧势力的羁绊，他直接迁都洛阳。定都洛阳之后，孝文帝强力推行汉化，除大力提倡鲜卑人与汉人通婚外，还下诏禁止穿胡服、说胡语，改鲜卑姓为汉姓，自己带头改称"元"姓。孝文帝的改革缓解了民族隔阂，促进了民族融合，为北方的和平发展创造了条件，史称"孝文帝中兴"。

4. 北魏为防备蒙古草原的柔然族，在北方设立了六个军事重镇，用于屯兵戍边。孝文帝迁都后，政治经济中心南移，导致北方六镇官员地位下降，物资补给也慢慢陷入困顿。矛盾终于在天灾（大旱）人祸（柔然掠边）的情况下爆发，六镇的戍卒和各族人民发生大规模变乱。在镇压暴乱的过程中，匈奴族（也可能是羯族）的部落酋长尔朱荣势力不断壮大，最后甚至挟持北魏的孝庄帝，专断朝政。孝庄帝设计在洛阳皇宫内杀死尔朱荣，但很快被尔朱荣的家族势力报复，北魏大乱。尔朱荣手下大将高欢趁机崛起，立孝武帝，并自领大丞相之职，把持政权。为除掉高欢，孝武帝取自己心口前鲜血，派使者送给关中地区的将领贺拔岳，以示决心。于是贺拔岳开始整合陕西关中和甘肃陇山一带的军事力量，组建"关陇集团"。

5. 高欢阴谋杀死贺拔岳后，关陇集团推选（注意这个词）宇文泰出任首领，继续与高欢对抗，双方分别拥立皇族为帝，北魏分为东魏、西魏；后双方又分别以"周""齐"代替两魏。高欢、宇文泰两人同属原北魏六镇出身，高欢是汉族，手下偏偏以鲜卑族为多；而宇文泰则是鲜卑族，手下多是关陇汉族子弟，所以历史出现了奇怪的一幕：汉人高欢在势力范围内实行鲜卑化，而鲜卑人宇文泰则在自己的势力范围内实行汉化，结果就是实行汉化的关陇军事集团取得了竞争优势，北周灭了北齐，统一了北方。

6.《木兰诗》和《孔雀东南飞》合称"乐府双璧"，一个贞刚质朴，一个清绮纤丽，南北文风大不相同。《敕勒川》则系鲜卑族民歌，境界开阔，语言明白，有这个民族英勇豪迈的气概。

7. 南方的兰陵萧氏（据说是西汉萧何的后代）本为次等士族（北族南迁），但在家族世代积累下逐渐强大，更是趁南朝宋末混乱之际，取而代之，连续建立南齐和南梁两个朝代，从此成为南朝高门，一直至唐朝末期才走向衰落。欧阳修赞兰陵萧氏："名德相望，与唐盛衰。世家之盛，古未有之。"苏东坡也赞道"摇毫欲作衣冠表，成事终当继八萧"。

8. 梁武帝萧衍天资聪慧，博学多才，经史、诗文、绘画、书法、音乐均有极高造诣。早期勤于政务，每天五更天就起床，批改公文奏章，太忙的时候顾不上吃饭，不过喝点粥而已，而且生活极为简朴，"一冠三年，一被二年"，所以其早期的政绩是非常显著的。不过晚年的梁武帝痴迷佛教，先后五次到同泰寺出家做和尚，后三次都是大臣们花费上亿钱财才赎回"皇帝菩萨"。如此，荒废了朝政，对侯景（羯族叛乱）（向王、谢士族求婚不得，一怒之下几乎灭尽南方士族）的处理也不及时，导致被其困死在台城。

9. 南梁陈庆之出身寒门（"本非将种，又非豪家"），本是读书人，并不善于骑马和射箭。18 岁为主书（文职），41 岁才开始领兵打仗，因爱穿白袍，故被称为白袍将军。陈庆之富有胆略，善于筹谋，而且带兵有方，"善抚军士，能得其死力"，创造了率领 7000 士卒深入敌腹，在 4 个月时间，连胜 47 场战斗，攻克 32 座城池的记录，以至于当时有童谣唱曰："名师大将莫自牢，千兵万马避白袍。"但后期东魏在河南部署了名将尧雄（性格宽厚、轻财重气、抚养兵民、得其力用），陈竟攻之不胜，连续被克制。

隋

1. 北周宣帝继位后不久，即让位给幼子北周静帝，其自为太上皇而乐得逍遥快活，政事全交给皇后杨丽华的父亲杨坚，非常有个性。

2. 杨坚很快夺了北周的江山，建立隋朝，后又派儿子杨广灭了南陈，统一了中国。

3. 隋文帝杨坚是个很棒的皇帝，勤政（"每旦听朝，日昃忘倦"）、爱民（"人间疾苦，无不留意"）、简朴（"居处服玩，务存节俭"）。其在用人上采取了科举选人的制度（规定各州每年选送三人，参加考试，合格者录用为官），而且相应地把九品中正制改为五省六部制，那些地位低下和出身寒微的优秀人才得以脱颖而出、施展才华。行政管理上推行州县两级制度，既提升了效率，又减轻了人民负担。经济上实施"均田制"，按人口分配土地，既重视农业生产又鼓励商人经商，而且"轻徭薄赋以解民困"。又本着"权衡轻重，务求平允，废除酷刑，疏而不失"的原则，制定了著名的《开皇律》，彻底改变了南北朝时期法律繁杂苛酷（"内外恐怖，人不自安"）的情况，自此"强无凌弱，众不暴寡，人物殷阜，朝野欢娱"。隋文帝杨坚执政期间政治开明廉洁、经济发达富庶，史称"开皇之治"。

4. 隋文帝痛恨腐败，甚至暗中派人给各级官员送贿赂，一旦发现受贿，立即处死，决不宽容（这个就太猛了）。

5. 隋文帝因为从突厥人手里拯救了蒙古族的祖先室韦部落，后被成吉思汗誉为"蒙古人的大恩人、中原皇帝天上人"，受元朝的黄金家族世代祭拜。未称帝的忽必烈遵成吉思汗之命，在路过陕西时还专程到了他的泰陵前行三跪九拜大礼以太牢祭拜之。

6. 对隋炀帝杨广的一生，评判要分两个阶段：前7年，他兢兢业业、励精图治，保持了国家的繁荣和强盛。后7年，他残暴傲慢、好大喜功，无视百姓疾苦，最终引发全国范围的农民起义。当然，有历史学家分析，杨广修大运河（北京—洛阳—杭州）是为了便于南方势力的支持，三征高句丽是为了消耗北方军事实力，还有迁都洛阳，其实都是为了摆脱"关陇集团"的控制，甚至唐朝建国后，也继续执行隋炀帝的政策，但不管怎么说，老百姓的负担实在太重，隋朝也走到头了。

7. 隋末各地起义不断，比较大的有河南的李密（领导瓦岗寨）、河北的窦建德、江淮地区的杜伏威，不过杀掉隋炀帝的却是他的侍卫队长宇文化及。听闻隋炀帝死后，在洛阳的守将王世充立即找来一个隋炀帝的孙子（越王杨侗）当皇帝。宇文化及有样学样，立隋炀帝的儿子（秦王杨浩）当皇帝，在陕西的李渊则立隋炀帝的另一个孙子（恭帝杨侑）当皇帝。大家发现人手一个皇帝，谁都不好使，就都把皇帝给废了，自己直接干得了。李渊建"唐"，宇文化及建"许"，王世充建"郑"，隋亡。

8. 李密见宇文化及杀了杨广，居然出来"替天行道"，主动进攻宇文化及，双方交手多次，互有胜负，闹得两败俱伤。宇文化及在退兵的路上被窦建德趁虚截杀。李密则被王世充打败，跑去投奔李渊，结果被发现不老实，也给收拾了。李渊所占地理位置最好，实力也最强大，积累了力量后就派儿子李世民进攻王世充和宇文化及。李世民很快率大军包围了洛阳城，王世充被困，赶紧向窦建德求救。李世民就在洛阳附近的虎牢关设围打败并俘虏了窦建德，王世充见状后只能投降，于是天下归唐。

唐

1. 唐太宗李世民发动"玄武门之变"登位之后，借鉴隋炀帝的教训，重视休养生息，大力发展农桑，同时厉行节约，减轻百姓负担。其在位期间出现了清明政治、经济复苏、文化繁荣的治世局面，史称"贞观之治"。其儿子高宗李治再接再厉，搞出了"永徽之治"。武则天称帝时，唐朝发展的脚步仍在继续，史称其"上承贞观，下启开元"。到了玄宗李隆基，唐朝国力空前强盛，史称"开元盛世"。

2. 唐太宗最为人称道的是其鼓励大臣勇于进谏，攻其得失，而后择善而从。此举一改官场中唯唯诺诺、妄相谀悦的习气，君臣相处融洽，共济致治，是创建"贞观之治"的重要因素。

3. 唐太宗想看《起居注》，可主笔的褚遂良不给这个面子："现在的《起居注》，就像古代史官记录君主的言行一样，就是希望君主不做非法的事。还没听说过君主可以自己随便拿去看的！"唐太宗大惊道："朕有不善，卿亦记之邪？"褚遂良不假思索地答道："臣职当载笔，不敢不记。"这时黄门侍郎刘泊插进一句话："借使遂良不记，天下亦皆记之。"唐太宗立刻打消了看《起居注》的念头，不得不承认：事实的确如此啊。

4. "李靖平突厥，李勣灭高丽，侯君集覆高昌，苏定方夷百济。"历经两代武功，唐朝版图在高宗期间达到最大（东起朝鲜半岛，西临里海，北包贝加尔湖，南至越南横山）。

5. 薛仁贵少年时家境贫寒，以种田为业。其妻柳氏说："有出众的才干，要等到机遇才能发挥。如今皇帝（唐太宗李世民）亲征辽东，招募骁勇的将领，这是难得的时机，您何不争取立功扬名？"薛仁贵于是应征入军。

安市城（今辽宁海城）之战中，薛仁贵身着白衣，手持戟枪，腰挎双弓，大呼冲阵，所向无敌，高句丽军望之披靡。回师途中，李世民对薛仁贵说："朕不高兴于得到辽东，而是高兴得到你啊。"于是提拔其为右领军中郎将，镇守玄武门。高宗期间，薛仁贵奉命率军赴天山攻击九姓铁勒（回鹘族），铁勒以十余万相拒，并派出数十人的精锐骑兵到唐军阵前炫耀武力。薛仁贵临阵发三箭射死三人，其余人慑于薛仁贵神威，都下马投降。薛仁贵乘势挥军掩杀，大败九姓铁勒。薛仁贵收兵后，军中遂传唱："将军三箭定天山，壮士长歌入汉关。"

6. 武则天初为唐太宗的"五品才人"，后曾与太子李治共同伺候重病卧榻的唐太宗，武则天的美貌与才识（这是重点）引发了李治的高度欣赏。太宗死后，高宗李治很快将在长安感业寺为尼的武则天接入宫中，封为"二品昭仪"，后很快册立为皇后。当李治上朝理政，武则天便垂帘于后，"政无大小皆与闻之"，时称"二圣临朝"。

7. 高宗临终遗嘱太子李显（武则天所生）即位，是为唐中宗；不久皇太后武则天废了李显，改立李旦（也是武则天所生）为帝，是为唐睿宗。再后来，武则天自己称帝，改国号为"周"。这是中国历史上唯一的女皇帝，共在位15年。

8. 武则天晚年欲传位于武家后人（其侄子武承嗣或武三思），宰相狄仁杰对她说："陛下立儿子，那么千秋万岁后，会在太庙中作为祖先祭拜；立侄子，那么从未听说侄子当了天子，会把姑姑供奉在太庙的。"武则天最终决定立李显为皇太子，并以高宗的妻子身份，死后合葬乾陵。

9. 武则天办武举，首开历史先河。后来平定安史之乱、中兴唐朝的名将郭子仪就是武举出身（"武举及第授左卫长上"）。

10. 唐中宗李显即位后，其老婆韦皇后勾结宰相武三思专擅朝政，竟谋杀丈夫，立殇帝李重茂为帝，自己当皇太后摄政。韦皇后并欲加害相王李旦，李旦之子李隆基在太平公主协助下发动"唐隆政变"，拥立李旦上位。一年后唐睿宗李旦让位于李隆基，是为唐玄宗。

11. 唐玄宗李隆基执政期间同样可以划分为两个阶段：前期（开元共 29 年）他重用贤臣，励精图治，打造了"开元盛世"；但后期（天宝共 15 年）则放纵享乐，重用奸臣，政治腐败，终于爆发了安史之乱，唐朝由此转衰。

12. 唐玄宗后期，地方节度使的权力极大，"既有其土地，又有其人民，又有其兵甲，又有其财赋"。其中安禄山（粟特族）因善于装傻卖萌，极得唐玄宗和杨贵妃的喜爱，从而一人兼领三地的节度使之职。安禄山趁唐朝政治腐败、中央军事空虚之机，和史思明（粟特族）打着奉旨讨伐宰相杨国忠（杨国忠经常在唐玄宗前说安禄山的坏话）的旗号发动叛乱，并攻入东都洛阳，唐玄宗率众逃至成都，史称"安史之乱"。当时太子李亨在陕西灵武称帝，是为唐肃宗，唐玄宗被遥尊为太上皇。安禄山则在洛阳自称大燕皇帝，年号圣武。

13. 安禄山独宠小儿子，引发其二儿子安庆绪不满，其伺机杀掉父亲，自立为帝，年号载初。安庆绪称帝后下令手下大将尹子奇率 13 万大军南下扫荡，不料在河南睢阳（今河南商丘）被县令张巡（邓州籍文官）以区区 6000 之兵阻拦长达 10 月之久。双方先后发生 400 多次战斗，守城将士生活困顿之极，先吃马、再吃鼠，吃纸、吃树皮、吃皮甲，最后甚至吃人，城破之时，张巡、南霁云等 36 人慨然赴死、壮怀激烈。睢阳之战期间，郭子仪等人完成了战略反攻的准备，在城破之前已收复长安，城破之后 10 天又收复了洛阳，叛军失败已成定局。后韩愈为张巡作传时感叹："守一城，捍天下"，"天下之不亡，其谁之功也？"

14. "安史之乱"最可怕后果就是为了对付一个节度使（安禄山），朝廷居然任命了更多的节度使，造成了乱前只有边疆有藩镇（节度使的地盘），而乱后全国到处都是藩镇的局面。到了唐德宗时期，他觉得这些节度使太可怕了，就把一部分兵权交给了宦官，结果反而造就了"太监集团"。这下内有太监、外有节度使，够闹了吧？别急，大臣中也在搞"牛、李党争"，好了，这下彻底没戏了。

15. 唐肃宗之后的皇帝中，虽有唐宪宗的"元和中兴"、唐武宗的"会昌中兴"、唐宣宗的"大中之治"，但都是一时小康，没有也无力改变如前所述的大的格局，"黄巢起义"一起，唐朝也就日落西山了。

五代十国、西夏、辽、金、宋（北宋与南宋）

五代十国

1. "五代"是指在中原一带相继建立的后梁、后唐、后晋、后汉、后周 5 个政权。

2. "十国"是指在中原周边（主要是南方）建立的吴国、南唐、吴越、闽、南汉、前蜀、后蜀、楚、南平、北汉 10 个政权。实际上称王称帝的割据势力远不止以上 10 国，不过势力较小、寿命不长、影响轻微而被历史学家忽略掉了，而且即便是有一定地位的"十国"，也只是偏安于一处，规模上属于藩镇型的朝廷，不足立足于历史舞台的中央。

3. 朱温出身小户，原本投在黄巢军中，后又转投唐军。因骁勇善战，很快被封为宣武军节度使，甚至被唐僖宗赐名"全忠"。黄巢死后，其部下秦宗权（原为唐蔡州节度使）称"齐"帝，史书记载其极其残暴、为祸更甚。朱温打败了秦宗权，唐昭宗又加封朱温为检校太尉兼任中书令。后唐昭宗被宦官集团控制，朱温借机派兵诛杀宦官，并晋爵梁王，实际上控制了朝政。不久朱温派手下杀死昭宗，立其幼子为唐哀帝。4 年后，朱温逼哀帝"禅让"，创建梁国，史称"后梁"。

4. 河东节度使李克用（沙陀族）在与黄巢作战时也是战绩惊人，但其与朱温不和，两军还曾相互攻击，后被朝廷调和。朱温称帝后，李克用仍用唐天佑年号，以恢复唐室为名与朱温长期军事对抗，并成为其争夺天下的最大对手。

5. 李克用的儿子李存勖骁勇善战且谋略过人，其南击后梁，北却契丹，东取河北，西并河中，具备了争霸天下的实力。梁帝朱温曾感叹："生子当如李亚子（李存勖）！""我的儿子们跟他一比，简直如同猪狗一般。"甚至朱温病重不起时，还在忧虑："等我死后，我的儿子们没有一个是他的对手，我怕是要死无葬身之地了。"其忧心之极，竟至于昏死过去。

6. 朱温病重期间，次子朱友珪趁机刺杀朱温而继位，引发夺位之战。李存勖则在魏州称帝，仍称唐国，史称"后唐"。同年灭后梁，定都于洛阳。后唐灭梁，威震天下，岐国、楚国、吴越国、闽国、南平国等纷纷入贡称藩，只有前蜀仍不为所动、我行我素。李存勖就发动大军，并成功灭蜀。

7. 李存勖对皇后刘氏极为纵容，而刘氏生性贪婪吝啬，聚敛大量钱财却不舍得花。当时后唐连年作战，府库空竭，又逢旱灾，军中连粮食都发不下来，士兵们只能以野菜充饥，宰相率大臣们在朝廷上商议要以内库（皇帝小金库）的钱财救急。刘皇后听说以后，竟然让人将自己的梳妆用具、两口银盆以及三个年幼的皇子送到宰相家里，称宫中只剩这些，让他拿去卖了以筹备军饷，吓得宰相再也不敢开口提议此事。而且李存勖喜欢伶人（艺人），甚至让伶人做刺史，这让很多立有军功的将士愤愤不平。

8. 李存勖大军灭蜀期间，贝州、魏州、邢州、沧州相继发生兵变，河北大乱。李存勖只得起用李嗣源（为李克用养子，战绩不凡，后被李存勖猜疑，兵权被夺），让其率侍卫亲军北上平叛。不料亲军在魏州城下发生哗变，与叛军合流，共同拥护李嗣源为领袖，南下进攻后唐。因李存勖已不得军心，故在宫中被部将射杀。李嗣源在李存勖灵前称帝，即后唐明宗。

9. 李嗣源称帝时已经 60 岁了，其在位期间注重吸取李存勖的教训，除伶宦，废内库，整顿禁军，同时注意民间疾苦，减免赋税，社会生产力有所恢复。但执政第七年时，已身体多病，控制力下降。其次子李从荣意图夺取帝位，趁其病重率兵攻打宫城，虽然禁卫军奋勇抵御并杀死了李从荣，但李嗣源终因受惊吓而很快死去。

10. 李嗣源死后，其幼子李从厚（后唐闵帝）继位。当时的宰相朱弘昭本想压制各节度使的军权，反而激起各地叛变。其中凤翔节度使李从珂（李嗣源养子）以清君侧为由攻入洛阳，后唐闵帝在逃亡途中被河东节度使石敬瑭（粟特族，李嗣源女婿）俘虏，最后被李从珂所杀。李从珂称帝，即后唐末帝。

11. 李从珂忌惮石敬瑭的实力，下令将其调任天平军。石敬瑭也惊惧李从珂意图谋害自己，遂一不做二不休，对契丹的首领耶律德光称"儿"，并以割让燕云16州和每年输帛30万匹为条件，换取契丹的军事援助，灭亡后唐，建立后晋。

12. 石敬瑭当皇帝期间，对契丹称"臣"，对契丹首领自称"儿"，这显然是很屈辱的一件事情，后晋的将领与百姓是普遍不满意的。其侄子石重贵即位后，继续对契丹的首领自称"孙子"，但对契丹不再称"臣"，结果导致契丹大举入侵，后晋亡。

13. 攻陷汴京（今河南开封）后，契丹首领耶律德光正式建国，国号为"辽"。辽兵在中原大肆掳掠，引发汉族强烈反抗，耶律德光不得不罢兵北还，途中病逝。辽军北撤后，太原王刘知远看准时机，先在太原称帝，后进入开封，改国号为汉，史称"后汉"。刘知远死后，其子刘承祐继位，为后汉隐帝。刘承祐猜疑大臣，多行杀戮，逼天雄军节度使郭威发动兵变，攻破开封，建立后周。

14. 郭威立国后，崇尚节俭，仁爱百姓，一改五代时期军人政权的丑恶形象。他曾对宰相王峻说："我是个穷苦人，得幸为帝，岂敢厚自俸养以病百姓乎！"郭威死前并未传位给自己的儿子，而是传给了更优秀的养子柴荣，这在中国历史上是唯一的。

15. 后周世宗柴荣登位后励精图治，致力于统一大业，立下了"以十年开拓天下，十年养百姓，十年致太平"的壮志。其文治上选才纳谏、澄清吏治、均定田赋、兴修水利，又修改刑律、大兴文教；武功上西败后蜀、南摧南唐、北征辽国。后世宋神宗称赞其："创业造功英主也。"可惜其在北伐夺取幽州（今北京）时突患疾病，回开封后驾崩，在位仅6年。

16. 后周世宗柴荣死后，其幼子柴宗训（后周恭帝）即位。第二年，禁军将领赵匡胤率军北御辽国入侵，但行军至开封附近的陈桥驿时发生兵变，禁军将黄袍披在赵匡胤身上，意思是拥护其做皇帝。赵匡胤接受后周恭帝的禅让后，改国号为"宋"。后周灭亡，五代结束。

辽、西夏、宋

1. 唐末时，党项族平夏部的首领拓跋思恭在对黄巢作战时立功，被唐僖宗赐皇姓"李"，遂改名为李思恭，拜夏州（陕西西北部）节度使，其军队被赐称"定难军"。此后，定难军的军权一直掌握在李氏拓跋一族手中。北宋建国后，时任定难军节度使的李继捧率部归顺北宋，北宋授其彰德军节度使。李继捧的族弟李继迁不满其归顺行为，在夏州以北纠集了大批羌族势力，并与南山党项野利氏结为姻亲，同时又接受了辽国的册封（仍为定难军节度使），形成了与北宋对抗的势力。北宋多次攻之不胜后，也册封了李继迁为定难军节度使，承认了其割据地位。多年后，李继迁的孙子李元昊正式称帝，建立西夏，定都兴庆（今宁夏银川市）。为取得北宋的认可，李元昊主动发动宋夏三大战（三川口之战、好水川之战、定川寨之战）

并均取得了胜利。战后，双方议和，北宋承认了李元昊为西夏主的地位。

2. 辽国出于自身利益考虑，极力阻止宋夏议和，最终导致辽夏战争。在"河曲之战"中，西夏军打败辽军，双方议和。自此，形成宋、辽、西夏三国并立局面。

3. 辽太宗采取了"以国制治契丹，以汉制待汉人"的办法，开创出"南北两院"的政治制度，这应该是历史上最早的"一国两制"吧。在萧太后摄政期间，辽国进入了鼎盛的时期。

4. 为争夺完整的"燕云十六州"，辽宋双方发生了长时期的军事摩擦。宋真宗年间，辽国的萧太后和辽太祖亲率大军攻宋，吓得北宋朝野动荡，多名大臣建议迁都南避。寇准等主战派大臣则坚决要求与辽军进行决战，同时说服宋真宗御驾亲征。宋真宗的举动极大地鼓舞了宋朝的军民，士气大振；而辽军长途远征，物资储备不足，又攻瀛洲不克，已有退兵的打算。双方最终在澶州（今河南濮阳）城下签订"澶渊之盟"，规定两国结为兄弟之国，宋国每年资助辽国军旅之费"银十万两，绢二十万匹"，同时在边境开展互市贸易。澶渊之盟后，宋、辽在百年里没发生过战争，宋朝有了长期的和平发展时间，逐渐步入治世。

5. 宋朝到了宋神宗时期，因承平日久，国家已经出现了"冗员""冗兵""冗费"的三"冗"危机，政府不但效率低下而且各项财政开支巨大，导致国库连年亏空，相应的人民负担也越来越重。为扭转这种局面，实现富国强军的目的，宋神宗重用王安石进行"变法"运动。王安石以"理财""整军"为中心，推行了一系列变革措施，主要可归纳为三个部分：富国之法、强兵之法和取士之法。这触犯了已得利益集团的根本，故引发朝野上下的一片反对之声，再加上王安石用人不当，导致新法的推行效果远不如王安石预想。后有人向宋神宗上呈一幅"流民图"，图中景象惨不忍睹，宋神宗受到极大震撼，第二日就下令停止（暂停）新法。

6. 宋徽宗时期，辽国境内的女真族崛起，并在上京（今哈尔滨）建"金"国。宋徽宗是个文艺人才，书法、绘画堪称一绝，但治国无能，朝政一塌糊涂。偏偏此人还好大喜功，居然派人通过水路与金国达成"海上之盟"相约一起攻辽。结果宋军在辽国边境上碰了一鼻子灰，毫无进展，而金国单挑就把辽给灭了。金国这边看到北宋如此无能，就顺便南下把首都开封给抢了，走时还掳走了宋徽宗和他儿子宋钦宗，史称"靖康之耻"，北宋亡。

7. 金兵撤兵时，扶持了原北宋左丞张邦昌建立政权，国号"大楚"。宋高宗赵构在应天府（今河南商丘）登基后，张邦昌主动宣布退位，大楚政权仅存在一个月。

8. 宋高宗即位第二年，金国发兵进攻山东，宋高宗留下刘豫（后被金国扶持为"大齐"皇帝，7年后又被废）当济南知府，自己则一路南逃至扬州、苏州、江宁、越州、杭州等地，甚至入海躲避。金主帅完颜兀术决定撤兵北上时，在黄天荡被宋将韩世忠围困长达48日，随后在牛头山又被宋将岳飞大败，从此金兵不再渡江。后宋高宗重用主和派秦桧，与金国签定了《绍兴和议》（里面有割让邓州给金国的条款），结束了战争状态。

9. 南宋在长江以南稳定发展多年，经济及军事实力有了一定的恢复，其间也有北伐举动，但基本都无功而返。

10. 南宋理宗在位时期，蒙古族在北方草原崛起，与金国展开了激烈的战争。此时南宋内部也分为两派：一派主张联蒙抗金，一派则主张吸取当年"海上之盟"的教训，对金国进行帮助。最终宋理宗采取了联蒙抗金的政策，北上收复邓州、蔡州等地。在南北夹击之下，金国亡。

11. 后面的事大家都知道了。不过南宋能在襄阳抵挡元朝大军 6 年之久，也是极有本事的。

元、明、清

元

1. 蒙古族传统是由各部落共同推选首领任"大汗"，但忽必烈先是自行仿照"汉制"称帝，接着又发动战争击败阿里不哥（依据传统当选大汗）自任"大可汗"，这使得其他四大汗国（钦察汗国、察合台汗国、窝阔台汗国、伊利汗国）纷纷脱离元朝，拒不承认其在蒙古族内地位。

2. 忽必烈深受汉族文化影响，"圣度优宏，开白炳烺，好儒术，喜衣冠，崇礼让"。其建国号"元"，取的就是《易经》中"大哉乾元"之意。其统一中国南北，结束了多政权分裂和战乱的局面，促进了民族融合。

3. 元朝共存在 98 年，除开国皇帝忽必烈和末代皇帝元顺帝在位时间较长外，其余时期的皇帝更替频繁，政局不稳。但元朝总的弊端一是民族不平等，采用"民分四等"的政策：一等蒙古人，二等色目人，三等汉人，四等南人。其中三、四等人的划分纯粹是为了分化汉族，实行"以汉抑汉"的目的。二是高层游牧民族的习气依旧较重，不重视农业生产。三是经济政策单一，滥发货币，物价上涨严重。四是对内对外战争较多，耗费巨大，人民特别是"南人"负担最重。

4. 元顺帝在位期间，实行儒治，不但恢复了科举考试，还颁行《农桑辑要》，发展农业生产。在顺帝的励精图治与丞相脱脱的勤勉能干之下，元朝官场贪腐之风有所改变，人民负担有所减轻，史称"至正新政"。

5. 元顺帝在位第四年，黄河决口，灾区人民流离失所，引发社会动乱。元政府不得不征调民夫 15 万来大规模治理黄河。在治黄期间，白莲教徒韩山童、刘福通事先在河道中埋设一具背刻"莫道石人一只眼，挑动黄河天下反"文字的石人，接着又四处传播该民谣；待石人挖出，大家十分诧异，人心浮乱，韩、刘则乘机发动起义，因起义军头缠红巾为标识，故被称为"红巾军"。这次起义迅速在南方各地形成反元浪潮，揭开了元朝灭亡的序幕。

明

1. 当年明月所著的《明朝那些事儿》写得极好，我是拜读了五遍，佩服之至，推荐，强烈推荐。

2. 朱元璋的北伐路线是："先取山东，撤其屏蔽；旋师河南，断其羽翼；拔潼关而守之，据其户槛，天下形势，入我掌握，然后进兵元都，则彼势孤援绝，不战可克。既克其都，鼓行而西，云中、九原以及关陇可席卷而下。"后续进展完全符合此计划，明灭元。

3. 朱元璋分封儿子为王，领兵镇守全国要害之处，其中驻守北边的燕王、晋王、宁王军事实力最大。朱元璋死前传位给自己的孙子惠帝朱允炆，惠帝即位后立即着手"削藩"，引发"靖难之役"，其叔叔燕王朱棣夺位成功。朱棣当皇帝的能力不错，搞出一个"永乐盛世"。此后其儿子仁宗朱高炽和孙子宣宗朱瞻基继续发扬光大，史称"仁宣之治"。

4. 宣宗朱瞻基提高了宦官的文化水平，这让他们逐渐进入了权力中心，结果英宗朱祁镇上台后，被大太监王振连续忽悠，导致"土木堡之变"，连英宗也被蒙古瓦剌部俘虏。明朝这边代宗朱祁钰临时登基，并重用于谦取得了北京保卫战的胜利，但没想到蒙古那边居然把英宗朱祁镇又给送回来了。本来英宗只想安心当个赋闲的"太上皇"，但朝中的投机分子趁代宗病重之时，发动"夺门之变"，重新把英宗推上了帝座。

5. 英宗被俘后，尝到了人生的痛苦，在他重新当上皇帝后，为政宽缓，注重减轻人民的负担，尤其是废除了极不人道的殉葬制度，堪称"盛德之事"。

6. 此后有宪宗（基本可以，建了"西厂"又撤了）、孝宗（一代明君，清朝编的《明史》居然无法抹黑，难得）、武宗（有点贪玩，不过打仗全胜，死因离奇）、世宗（年号嘉靖，长期不上朝，迷信炼丹，但一张纸条就让严嵩下台，看来并不糊涂）、穆宗（生活节俭、知人善用，陆上和蒙古鞑靼部首领俺答议和，海上开放民间贸易，有中兴气象）、神宗（年幼登基，早期张居正辅佐，形势大好；后期"万历三大征"花费巨大，设矿监税使横征暴敛；女真族在努尔哈赤的带领下崛起，在萨尔浒之战中大败明军）、光宗（在位奇短，一个月即驾崩）、熹宗（各地民变蜂起；朝廷内魏忠贤的"阉党"把持朝政，大力打击"东林党"；袁崇焕守宁远时重伤努尔哈赤）、思宗（年号崇祯，内忧外患，财政枯竭，无力回天，只好上吊）。

7. "闯王"李自成率农民起义军，先是在西安建立"大顺"政权，接着打进北京城，逼死了崇祯皇帝。不过其政策失误，造成山海关守将吴三桂降清，引清军入关，李自成战败，在紫禁城匆忙举行了皇帝登基仪式后退出北京，后下落不明。

8. 入关清军在多尔衮的指挥下连战连胜，很快又打败了在四川建国的张献忠（系农民起义），基本一统北方；反观南方政权（安宗朱由崧、绍宗朱聿键、昭宗朱由榔）战略错误，居然意图"借虏平寇"，而且政权不稳、政令不畅（《南明史》把南明朝廷写的一团黑，存疑）、四镇兵马各自为政，最后被清军各自击破，成了短命政权。

清

1. 努尔哈赤曾被明朝辽东总兵李成梁收养，据说喜欢读《三国演义》和《水浒传》，从中学得很多谋略。其以"恩威并行，顺者以德服，逆者以兵临"的办法统一了女真部落。而且重用人才，"勿论根基，见其心术正大者而荐之。莫拘血缘，见有才者即举为大臣"。通过创建八旗制度，把女真族从散居的部落状态整合为一个组织性和纪律性很强的整体，很快就强大起来。

2. 努尔哈赤死后，皇太极在盛京（今沈阳）称帝，建"清"国。其定下"以武功戡乱，以文教佐太平"的政策，并举行了科举考试，当年即录取满、汉、蒙古族优秀人才共 200 名。皇太极还颁布《满汉别居令》，宣布"满汉一体毋致异同"，汉民由农奴恢复为民户，缓解了民族矛盾，大批明将如孔有德、耿仲明、尚可喜等纷纷归降。

3. 皇太极死于入关前夕，因其子顺治年幼（6 岁登基），其弟弟多尔衮领摄政王指挥清兵入关，并成功入主中原。

4. 一次顺治帝阅读《资治通鉴》后，问大臣历史上的圣明之君中谁最优，其中陈名夏以唐太宗对，而顺治帝则以为明太祖的各种立法可垂永久。顺治帝后染天花去世（有传说其看破红尘后去五台山出家）。

5. 康熙对汉族文化特别是儒家学说极为推崇，在御制《日讲四书解义序》中，更是明确要将治统与道统合一，以儒家学说为治国之本。其在位期间，除鳌拜、平三藩、剿葛尔丹、收台湾，居功甚伟。但从更长远的历史跨度来看，康熙时期的清朝和沙俄缔结《中俄尼布楚约》，以及驻军西藏更是对中华民族影响深远，假如没有一个统一强大的国家，这是难以想象的。

6. 雍正帝在位期间，勤于政事，自诩"以勤先天下"，"朝乾夕惕"，而且强力肃贪，据说雍正一朝无官不清。共在位 13 年。

7. 乾隆时期安排大批军队永久进驻新疆，对稳定西北具有战略意义。单独从中国历史这条线来看，自康熙到乾隆 134 年间，经济发展，社会稳定，人口增长迅速，国力强盛，故可称之为"康乾盛世"。但从国际整体上看，世界（欧、美、日）已经发生了翻天覆地的变化，而清朝则在思想上搞文字狱，文化上一味崇儒，经济上闭关锁国，已经逐步落后于世界。

8. 嘉庆（勤政、肃贪、遵守祖制），道光（节检、第一次烟片战争战败、得过且过），咸丰（因循守旧、爆发太平天国起义、第二次鸦片战争战败），同治（6 岁登基，皇太后垂帘听政、开展洋务运动、曾国藩镇压太平天国、左宗棠民上复新疆），光绪（甲午战争战败、维新变法、政变失败被禁）。

9. 以康有为、梁启超为代表的"立宪派"失败后，民族救亡的重任就担负在以孙中山、黄兴为代表的"革命党"身上。1911 年革命党在湖北武昌武装起义后，南方各省纷纷响应。清廷派袁世凯率领"新军"进剿武昌革命军，但袁世凯和孙中山暗中达成协议（南北议和），以同意袁世凯就任民国首任大总统为条件，换取袁世凯支持共和。袁世凯迫使宣统皇帝溥仪（此时仅 6 岁）颁布退位诏书，将权力交给民国政府，清朝灭亡。

哲学历史系列小故事

第四章

◎

再谈谈哲学，这其实也很有意思。

黑格尔说："哲学是一种追求绝对的思维运动。"这个定义未必准确，因为有种哲学叫"现实主义"，它对同一件事情的解释经常前后不一致，甚至严重对立。现实主义的拥护者对此不以为然：当然不一样了，要不为啥叫现实主义呢？总而言之，给哲学下个让所有人能接受的定义是不可能的（反正我不能）。自己理解啥是哲学吧，这里面有世界观、人生观、价值观、方法论、逻辑、伦理、心理等学问。爱因斯坦说过：哲学是全部学问之母。嗯，有一定道理。

苏格拉底、柏拉图、亚里士多德

1. 苏格拉底（前 469~前 399）的母亲是助产妇，所以他自称"精神上的助产士"，要"帮助别人产生他们自己的思想"。

苏格拉底喜欢在广场、街头、市场、庙宇等公众场合与人谈论各种各样的问题，这种谈论很有特点：苏格拉底偏重于提问，当对方说出观点时，苏格拉底则举出一个反面的例子，推翻对方的观点。经过这样反复诘难，苏格拉底引导对方自己进行思索，产生智慧。

有一次，苏格拉底在街头遇到一位青年，他就很谦和地问这位青年："人人都说要做一个善良的人，请问什么是善良呢？"

青年回答说："诚实做人，不欺骗别人，就是善良。"

"那么打仗的时候，欺骗敌人是不是善良呢？"

"欺骗敌人不算，但不能欺骗自己人。"

"那么将领为了鼓舞士气，欺骗士兵说援兵马上就来了，结果打了胜仗。这是不是善良呢？"

青年有些急了："那是打仗，日常生活中我们不能欺骗别人。"

"好，那么父亲为了让孩子吃药，欺骗他说药不苦。这是不是善良呢？"苏格拉底继续问道。

"是善良，不过这都是说说而已。"

"哦，那么如果发现朋友准备用刀自杀，那把他的刀给偷走了，这种盗窃行为算不算善良呢？"

青年无话可说，"好吧，我现在知道自己的无知了。"

苏格拉底常常把那些自认为知识渊博的浅薄之辈驳得目瞪口呆，可想而知这有多么讨人厌啊。后来有人以引进新神和败坏青年的罪名对苏格拉底进行了控诉。雅典组织了一个 500 人规模的陪审团对其进行审判，苏格拉底对自己进行了辩护：

我的朋友凯勒丰曾经到德尔斐神庙，冒冒失失地向神提出了一个问题："还有人比苏格拉底更聪明吗？"女祭司传下神谕说："没有了。"我听到这个神谕的时候，心里暗暗地想，神的这句话是什么意思呢？于是，我就去一个接着一个地考察人，试图找出比我更有智慧的人。结果我发现很多人一无所知，却自以为知道，而我既不知道，也不自以为知道。在这一点上，我似乎确实有高明之处。

我，并不是没意识到自己激起的敌意。我也曾为此悔恨、畏惧，但我不能不这样做，因为我应当首先考虑神的话。我心里想：我必须把所有显得智慧的人都访问到，把神谕的意义找出来。公民们，就是这一查访活动给我树立了那么多凶险毒辣的敌人，也是这一活动使我得到了"最

智慧的人"的称号，因而受到人们的诽谤……（略）

如此嚣张的辩护，引发了陪审团的集体反感，最终高票通过：判处苏格拉底死刑。其实按照当时的法律，死刑是可以用金钱折抵的，不过苏格拉底的臭脾气让他拒绝拿钱抵罪。甚至他的学生都买通了狱卒，但苏格拉底仍然拒绝逃跑。最后，在学生的簇拥中苏格拉底饮下了行刑的毒酒，他的最后遗言是："克力同，我欠了阿斯克勒庇俄斯一只鸡，记得替我还上这笔债。"

苏格拉底以逻辑辩论的方式揭示错误，启发思考，深入探讨事物的本质，这对哲学思维的发展贡献巨大。

2. 柏拉图（前427～前347）是苏格拉底的学生，苏格拉底受审并被判死刑后，柏拉图对雅典的民主政体完全失望，便开始四处游历。十几年后的柏拉图发现，比较而言雅典其实还算可以，就又回到雅典开办了柏拉图学院。

苏格拉底的遭遇深深刺激了柏拉图，在他眼里过度的民主（雅典公民大会拥有最高权力，而最高司法机关的成员按照字母顺序从公民名册里产生）无疑是一场灾难。柏拉图抱怨说："我们都知道去找鞋匠做鞋和找医生看病的道理，但在政治上，我们就不知道去挑选最有智慧、最优秀的人来服务和领导了吗？""除非哲学家当上国王，要么国王具有哲学家的气质和才能，国家才能免遭各种灾难。"柏拉图文笔华丽，观点严谨，是个天生的诗人和作家，他把自己的对社会的思考写成了《理想国》。

柏拉图将理想国中的公民分为治国者、武士、劳动者三个等级，分别代表理性、激情和欲望三种品性。治国者依靠自己的哲学智慧和道德力量统治国家；武士们辅助治国，用忠诚和勇敢保卫国家的安全；劳动者则为国家提供各种物质材料。柏拉图认为，三个等级各司其职、各尽其能、各安其位就是城邦正义，与此对应的是，当理性在个人的灵魂中处于主导地位，激情辅助理性控制欲望，欲望能自我节制的时候就是个人正义。

如何构建理想国呢？柏拉图建议从教育入手，并提出了一套完整的教育体系。"我们必须提供给予所有儿童完全均等的教育机会，天才之光会在什么地方闪现我们无从知道。""要把儿童掌握在我们手中，避免被长辈带坏。""要从王国中划出一块地来，使我们有一个良好的开端。"

柏拉图认为：在人生的头 10 年里，教育应该着重于身体素质的培养，游戏和运动应该是全部课程。"我们如何才能让勇敢的人又具有温柔气质呢——这两者看起来是相互矛盾的。""音乐或者可以帮助我们解决这个问题：灵魂可以在音乐中认识到和谐和韵律。"从 10 岁开始，孩子们要开始学习军人所需的各种知识和技能，包括读、写、算、骑马、投枪、射箭等。

等孩子们长到 20 岁的时候，要开始进行一次严格的筛选。既有理论也有实践，"要有磨难、痛苦和竞争"。落选的人会被分配做农夫、工匠、职员或商人。通过初试的人还要在身体、心灵和性格上再接受 10 年的教育和训练，然后进行第二次考试，落选的将成为行政辅助人员或军官。那些经过层层筛选的优秀人才才有资格学习哲学，5年后才能成为国家的统治者。柏拉图反对让孩子们过早接触哲学，"年轻人初次领略哲学的趣味时，就会把它当成娱乐而相互辩论"，"就像小狗对所有靠近它们的人都喜欢打抓纠缠那样"，只有那些年龄成熟、饱经风霜，但是头脑清醒、自食其力的谦逊智慧之人才能进行哲学思考。

如何让大量的落选者接受命运，而不是反抗它呢？柏拉图认为，单靠法律和刑罚既野蛮又费钱还增加仇恨，他找到了宗教和信仰："我们要告诉这些年轻人，这一切都是神的旨意"，"即便流干所有的眼泪也抹不掉神旨中的一个字"。

最后，柏拉图承认自己描述的只是一个难以实现的理想，然而他说，做人的意义莫过于向往一个美好的世界，并至少让它的一部分成为现实。

3. 亚里士多德（前384～前322）在科学上的贡献前面已经说过，这里说说他在哲学上的成就。

亚里士多德把人类的知识分为三部分，用大树作比喻：第一部分，最基础的部分，也就是形而上学，它是一切知识的奠基；第二部分是物理学，好比树干；第三部分是其他自然科学，以树枝来比喻。

先说形而上学。亚里士多德死后200多年，有希腊学者把他讲本质、理念、灵魂等方面的著作编集成册，排在《物理学》一书之后，并名之为《物理学之后卷》。日本明治时期的井上哲次郎翻译该卷的时候，使用《易经·系辞》中"形而上者谓之道，形而下者谓之器"一语，将"物理学之后"整体翻译为"形而上学"。显然这里的形而上学是指对"终极实在"（"道"）的研究，也差不多等同于哲学的定义了。

我们都知道亚里士多德的老师是柏拉图，但与老师畅谈理想不同，亚里士多德显然更现实一些。亚里士多德归纳总结事物的存在有四种原因，即"目的因""物质因""动力因"和"形式因"。举个例子吧：一件精美的石雕，它存在的"目的因"是某种意义（纪念或者欣赏）；它的"物质因"则是石头；它的"动力因"是艺术家或工匠；它的"形式因"则是设计图。亚里士多德的"四因说"既有客观实在部分，又有主观目的部分，是一种对世界进行了高度总结和概括后形成的综合性认识，影响可谓深远。

亚里士多德另一重要贡献是建立了逻辑学，他认为逻辑虽然不是理论知识，也不是实际知识，但它是知识的工具，人们必须借助逻辑学来进行理性的思考和谨慎的表达。亚里士多德在逻辑学方面的主要成就是发明了"三段论"——三个不同命题共同组成的推理系统。举个例子：（1）所有人都会死（大前提）；（2）苏格拉底是人（小前提）；（3）所以苏格拉底会死（结论）。

三段论看似简单，但是大前提不能错，而且要足够包含小前提，而且两个前提不能都是否定的，否则就不能得出正确结论。举个例子：（1）长得帅的人都喜欢运动；

（2）我喜欢运动；（3）所以我长得帅。呵呵，这里面的大前提包含不了小前提，所以结论是错误的。再举个例子：（1）鱼类不是哺乳动物；（2）母鸡不是鱼类；（3）所以母鸡？蒙圈了吧。

培根、笛卡尔

1. 培根（1561～1626）出生于贵族家庭，他的父亲是英国的掌印大臣，他的外公则是英王爱德华六世的首席教师。培根的母亲精通希腊文和拉丁文，对培根的教育可谓费尽心血，12 岁的时候培根就被送到剑桥大学的三一学院学习。

16 岁时培根成为一名派驻法国的外交官随员，不过两年后父亲突然逝世，甚至对财产都没来得及做出安排，所以培根突然发现自己没钱了。迫于生活的压力，培根开始学习法律，并写信乞求那些地位显赫的亲戚们能在政府里为其谋取个职务。虽然文笔优美，但由于自视甚高，所以基本上没有得到什么有用的帮助。

结果，培根完全靠自己居然也挤进了上层社会。1583 年，培根被唐顿选区的选民推举为代表，成功进入议会，并成功连续被选中任职。培根具有天生的演讲和辩论才能，"没有一个人的发言能像他那样"；"他的话有条有理、言之有据，从不陈词滥调"；"听他演讲的人不敢咳嗽、不敢斜视，否则就会失去宝贵的东西"；"听众们担心的，就是他的演讲马上要结束了"。培根的才能让他干任何职务都光彩耀眼，1606 年他当上了副检察长；1613 年当上了检察总长；1618 年成为内阁成员，并兼任大法官。

在步步高升的同时，培根也在攀登哲学的高峰。他在描述自己时说过："一个生来就适合于著作的人，在命运的安排下，违背了他的天赋，踏上了仕途。"培根最优美的《论说文集》里无法遏制地表达了他对哲学的热爱："没有哲学，我简直无法生活"；"追求真理，就是向它求爱；认识真理，就是赞美它；信仰真理，就是享受它，这是人类天性最优秀的东西。"

培根谈人生："我确信自己生来是为人类服务的"；"我发现，最有利于人类幸福的事情，莫过于那些可以促进文明的发明了"。谈爱情："考察一下那些有价值的人物，没有一个因爱情而达到疯狂的程度。"谈人性："本性常常被掩盖，但很少被灭绝，一遇到合适机会或诱惑，必然故态复萌。"谈友谊："只有地位不同的人才容易产生友谊，他们的命运互相包容。"谈婚姻："一个男人结婚的第一天，思想就老了七年。"论读书："读史使人明智，读诗使人灵秀，数学使人周密，物理学使人深刻，伦理学使人庄重，逻辑修辞之学使人善辩；凡有所学，皆成性格。"

培根注意到：亚里士多德后科学几乎停滞了，"现在科学所做的事不过是原地转圈，虽然无休无止地辩论，但它的终点正是它的起点"。在《新工具》中培根拿"三段论"开刀："一切问题都要归结于教条"；"我们之所以找不到新的真理，是因为我们把一些古老但可疑的命题作为出发点，并且从未想过让这个命题本身接受观察和实践的检验"。培根说："决不能给真理插上翅膀，而应该给它挂上重物，使他无法跳跃和飞翔。""知识并不是我们推论中的已知条件，而是要从条件中归纳出结论性的东西。"培根进一步举例子说："正确方法是首先点燃蜡烛（提出假设），然后用蜡烛照亮道路（整理和归纳规律）。"这种假设—实验—归纳的方法后来被称为"归纳法"，这是培根在哲学上的最伟大成就，他因此被赞为"整个实验科学的真正始祖"。

尽管培根的著作基本上围绕着理性和自然，但培根是个虔诚的基督徒，他否认了对自己是"唯物主义"者的看法。"当人们的心灵只看到分散的次要的原因时，他们往往心满意足；但倘若他们深入探索事物间的因果链条时，就会必然地飞向天意和神明"。

1626 年 3 月，培根坐车路过一片雪地时，他突然想做一次实验。他宰了一只鸡并把雪填进鸡肚里，以便观察冷冻在防腐上的作用。在做这个实验时，培根感觉十分寒冷，一到家便卧床不起，于 1626 年 4 月 9 日清晨病逝。

2. 笛卡尔（1596~1650）出身于一个地位较低的贵族家庭，不过教育方面还是能够得到保障的。

笛卡尔从小就体弱多病，小时候给他看病的医生就断言其活不长。上学期间，学校看他身体不好，就特许他可以不参加早晨的集体活动。从此，笛卡尔一生都保持早晨不起床、躺在床上思考问题的习惯。

毕业后的笛卡尔一直对职业选择不定，又决心游历欧洲各地，因此他于 1618 年在荷兰入伍，随军远游。1621年笛卡尔退伍，在荷兰居住了 20 多年。

在此期间，笛卡尔专心致力于哲学研究，并逐渐形成自己的思想。他在荷兰发表了多部重要的文集，包括《方法论》《形而上学的沉思》和《哲学原理》等。

笛卡尔还是个很有风度的人，据说曾经有个情敌要找他决斗，笛卡尔对他说："你的生命不应该献给我，应该献给那位夫人。"结果情敌居然灰溜溜地走了。

笛卡尔出名后，瑞典女王多次邀请其到斯德哥尔摩讲课，甚至派出了一艘军舰，笛卡尔只好从命。到达瑞典时正是冬季，"人的血也要像河水一样冻成冰"。更不幸的是，女王居然喜欢早上的新鲜空气，结果笛卡尔在瑞典没待几个月就得了感冒，后来转成了肺炎，治疗无效，于1650 年 2 月去世了。

笛卡尔发明了"坐标系"，从而建立了解析几何，他把坐标系运用到哲学上来了。他把世界分成两个部分，一个是意识，一个是物质。这种观点就叫作"二元论"。这两个元是相互独立的、平等的，虽然两者之间可以互相影响，但谁也不能完全决定另一个。就这样，笛卡尔熔唯物主义与唯心主义于一炉，在哲学史上产生了深远的影响。

笛卡尔认为：人是一种二元的存在物，既会思考，也占据空间；而动物只属于物质世界。由此他推出了著名的哲学命题——"我思故我在"。首先"我"肯定是存在的，但是我是在思考和怀有疑问的，这就意味着"我"不是完满的。因为完满的东西是不会包含疑问的。但是我心中有一个完满的概念，对吧？要不我就不会意识到"我"是不完满的了。既然"我"自己是不完满的，那这个完满的概念肯定不能来自"我"自己，必然来自一个完满的事物。什么事物是完满的呢，那只能是上帝。因为上帝是完满的，所以上帝是全知、全能、全善的，那么上帝一定不会欺骗我，不会让我生活的世界都是幻觉。所以"我"生活在真实的世界里。好，证明完毕！怎么样？是不是有点怪怪的，但说不出来的感觉？不着急，以后还会有聪明人完善这个工作。

显然"二元论"更像是一种调和的论调，也没有真正在哲学上提出新的观点，在后来的好几百年中，无数哲学家在"精神世界怎么才能真实反映客观世界"上花费了大量的工夫，也很难有一个令人满意的答案。所以"二元论"在唯心论者和唯物论者那里都没得到好评，甚至"我思故我在"的观点让唯物论者直接给笛卡尔扣上了一顶唯心主义的帽子。

不过从实用的角度出发，"二元论"的作用在于可以帮助我们有效地躲避痛苦。因为按照笛卡尔的观点，我们的精神世界是独立的，这里我们是自己的主人。当你把人生痛苦分成感官体验和精神体验这两类以后，你会发现，还有什么痛苦不可忍受？他人的嘲笑和蔑视只存在于外界那一元，和我的精神世界无关，那么又何来凌辱之有？

最后还要再说一句："二元论"有一个痛苦解决不了，那就是对我们所爱的人的关心，一旦放弃，我们也就成了冷血动物了。

斯宾诺莎

斯宾诺莎（1632～1677）出生于荷兰的一个犹太人家庭，父亲是一名经营进出口贸易的富商。但年轻的斯宾诺莎对经商并不感兴趣，他醉心于研究本民族的宗教和历史，经常在犹太教堂内一坐就是一天，这让教内的长老们很是欣赏，将他视为未来的希望。

这本是个美好的开端，可斯宾诺莎太有才华。在学习宗教经典的时候，斯宾诺莎思考的越来越深入，他的迷惘就开始变得越来越多。好奇心让斯宾诺莎学会了拉丁文，并开始阅读教外的书籍，去了解各种各样的学说，也掌握了用公理去证明命题的方法。

1656 年，斯宾诺莎被指控有异端思想而受到了长老们的质询，斯宾诺莎的回答无人知晓，我们只知道长老们要求斯宾诺莎仅在外表上保持对教义的忠诚，就可以得到一笔不菲的年金，但斯宾诺莎拒绝了这个相当仁慈且宽厚的提议："你们不能迫使我做任何我原本就不愿做的事情。"最后教会长老们开除了斯宾诺莎的教籍。

事实上，这事情很严重。历史上犹太人一直没有建国，他们曾遭受过不同君主和民众们的欺凌乃至残杀，四处漂泊，分散在世界各地，但奇迹般的没有被当地民族同化，这全依赖于《希伯来圣经》，这是他们"带在身边的祖国"。可想而知，斯宾诺莎被开除教籍就等于被全体犹太人排斥在外。他的父亲开始催促他离开家庭，他的姐姐不再与他说话，他的朋友们也离他而去。甚至有人在大街上用匕首刺向他，好在斯宾诺莎迅速转身离开，只是脖子受了点轻伤。

离开家庭的斯宾诺莎搬到了阿姆斯特丹城外一处偏僻的阁楼租住，房东是个开明的基督徒，与他相处的还不错。后来房东一家搬到荷兰的莱顿城，斯宾诺莎也随着他们搬了过去。斯宾诺莎早年曾经学过打磨镜片的技术，而且手艺不错，他精密地计算了每个季度的账目，以便于使做镜片的收入刚好维持必要的开销。斯宾诺莎过着简朴的生活，经常在房间里待上很长时间不出门，只让人送进来简单的饭菜。

在此期间，斯宾诺莎写出了《用几何方法证明的伦理学》，但在打算发表的时候，正好有人因发表"无神论"观点的作品被判入狱，这深深地刺激了他："我决定延迟我的作品发表，直到搞清形势的趋势。"事实上，直到斯宾诺莎死后的 1677 年，这部作品才面世。斯宾诺莎生前发表的作品只有《笛卡尔的哲学原理》和《神学政治论》，后者是匿名发表，而且刚发表就被列为禁书。但是，这反而提高了人们对它的兴趣，导致该书销量还不错。为了规避法律，出版商甚至把它伪装成医学书或者历史故事。

斯宾诺莎出名以后，一位阿姆斯特丹的富商得知斯宾诺莎的生活状况，非要让他接受 1000 元的馈赠，但斯宾诺莎婉言拒绝了。后来这位富商甚至立下遗嘱，要从自己的遗产里每年拿出 200 元给斯宾诺莎，碍于这位富商的热情，斯宾诺莎同意每年接受 150 元。最后，就连法国国王路易十四也表示愿意送给斯宾诺莎一笔丰厚的年金，只要他在自己的下一部作品里注明是献给路易十四国王就行。斯宾诺莎说："我只将我的著作献给真理。"

1673 年，德国的海森堡大学用非常恭敬的语气邀请斯宾诺莎去教授哲学，"但最好不要公开冒犯国教"。斯宾诺莎回信说："我不知道把研究的自由限制在什么范围内，才能不触犯贵国的国教""为了继续我挚爱的宁静生活，我不得不放弃您提到的职位"。

常年打磨镜片使斯宾诺莎吸入了过多的粉尘，这导致他患上了严重的肺病，1677 年 2 月，只有 44 岁的斯宾诺莎与世长辞。

斯宾诺莎的哲学探索基本是按笛卡尔的数学思路走的，当然他走的更远。翻开《用几何学方法证明的伦理学》，里面是这样子的：上来就是定义，然后是公理，接着提出命题并给出证明（例子就不举了吧，每一步都省略不了，有点长）。

理解斯宾诺莎的关键点在于对"实体"的理解。他是这么定义的："我理解为在自身内并通过自身而被认识的东西。换言之，形成实体的概念，必不需要借助于他物的概念。"斯宾诺莎的定义很绕（的确有很多人围绕这个定义吵得不可开交），但千万不能望文生义地理解为："实体就是实在的物体"，因为他在《伦理学》里几何方法证明了：（1）实体是存在的；（2）实体是无限的；（3）实体是不可分割的；（4）一个实体不能产生另一个实体等，而在第14个命题里他直接证明了实体就是"神"！当然，斯宾诺莎的"神"没有具体所指，他在一封回信中写道："我相信，如果三角形会说话，它会说神是一个绝对的三角形，而一个圆则会说神是一个完美的圆形。""一切都在上帝中，上帝就是一切。"嗯，有点"青青翠竹皆是法身，郁郁黄花无非般若"的味道。

总之，斯宾诺莎认为：物质和精神是同一的，一切事物从精神的角度看是思维，从物质的角度看是运动，精神的进程每一个阶段都在和物质的进程相呼应，"两者是同一回事"。后来，人们把斯宾沙诺的这种观点称为"一元论"。

笛卡尔在物质世界里发现的自然法则，斯宾诺莎也拿到了精神世界里，他认为这是一个决定论的世界，一切都被必然地决定了的，精神里也没有任何偶然的东西。"大脑的决定不过是愿望，愿望会随环境而改变"，"人脑中根本没有自由意志，大脑中的意愿取决于一个原因，但原因后边还有原因，环环相扣，无穷无尽"。斯宾诺莎把对自由意志的认识比喻是一块石头的思想，这块石头在空中飞时，还以为自己能决定自己的轨迹和落点呢。

　　"一元论"和"决定论"给了斯宾诺莎直面痛苦的无限力量和坦然心态，因为"用某种永恒性观察事物"，个人的命运只是世界永恒序列和结构的必然结果，那么这个人就会超越激情所产生的飘忽不定的愉悦，达到平和宁静的境界。

莱布尼茨、伏尔泰

1. 莱布尼茨（1646～1716）出身于德国的书香门第，父亲是德国莱比锡大学的教授，母亲也具有很高的知识水平。不幸的是，父亲在他年仅 6 岁时便去世了。在母亲的教育下，莱布尼茨阅读了许多著名学者的作品，在幼时就打下了坚实的知识基础。

莱布尼茨 15 岁的时候就进入莱比锡大学学习法律，第二年获得学士学位，次年又获得了哲学硕士学位。1665 年，莱布尼茨向莱比锡大学提交了博士论文《论身份》，但因为莱布尼茨过于年轻，审查没有获得通过。气愤的莱布尼转而将论文提交给了纽伦堡附近的阿尔特多夫大学。1667 年 2 月，阿尔特多夫大学授予他法学博士学位，还打算聘请他为法学教授。但不知出于什么原因，莱布尼茨拒绝了这份工作。

经人介绍，莱布尼茨投身政界。1672 年，莱布尼茨作为一名外交官出使巴黎，试图游说法国国王路易十四放弃进攻德国，却始终未能与法王见上一面，这次外交活动以失败而告终。然而在这期间，他研究了笛卡儿、费尔马、帕斯卡等人的著作，并决心钻研高等数学。1673 年 1 月，为了促使英国与荷兰之间的和解，他又前往伦敦进行斡旋未果，但接触到了物理学家胡克、化学家波义耳等人。1673 年 3 月莱布尼茨回到巴黎，4 月即被推荐为英国皇家学会会员。

　　莱布尼茨 1684 年 10 月在《教师学报》上发表的论文《一种求极大极小的奇妙类型的计算》。这篇仅有 6 页的论文却有非凡意义，是最早的微积分文献。1687 年，牛顿在《自然哲学的数学原理》中写道："它与我的方法几乎没有什么不同，除了他的措词和符号而外。"后来牛顿又在再版的书中写道："若干年前我曾借出过包含这些定律的原稿，之后就见过一些从那篇当中抄出来的东西。"这引发了莱布尼兹极大的不满，并导致了数学史上著名的微积分"发明权之争"。不过，后来人们公认牛顿和莱布尼茨是各自独立地创建微积分的，而且莱布尼兹的运算符号和记法更简洁方便，成为数学界普遍使用的标准。

　　莱布尼茨觉得学者们各自独立地从事研究既浪费了时间又收效不大，因此竭力提倡设立科学院，集中人才进行各种学术研究，1700 年他说服德皇弗里德里希一世，建立了柏林科学院并出任首任院长。1712 年左右，他同时被维也纳、俄国等王室雇用指导建设科学院。据传，他还曾经通过传教士建议清朝的康熙皇帝在北京建立科学院。

　　就在莱布尼茨蜚声各国之时，1716 年 11 月，由于胆结石引起的腹绞痛，卧床一周后的莱布尼茨离开了人世。

莱布尼茨曾经拜访过斯宾诺莎，但恰恰与斯宾诺莎相反，莱布尼茨首先定义了基本物质"单子"，接着论述单子不可分解、不能通过组合形成、每个单子性质都不同、单子包含可能性、单子之间没有"窗户"等特性，莱布尼茨说了一句名言——"世上没有两片树叶是相同的"，结果引发了一阵捡叶子狂潮。

问题来了，单子既互不联系又自给自足，还存在多种可能性，那么这世界是怎么形成的呢？不要怕，上帝来了。"只有上帝是原始的统一或最初的单纯实体，一切创造出来的或派生的单子都是它的产物，可以说是凭借神性的一刹那的连续闪耀而产生的。"而且由于上帝是至善的，那么现实世界肯定就是无数种可能中最好的一种了。莱布尼茨也因此被讽刺为"最佳可能世界先生"。

但是，信徒们的最佳世界在"天堂"，才不是这个现实世界呢。莱布尼茨即便证明了上帝的存在，也没有得到神父的好评，他的葬礼甚至没人主持，只有他的秘书在场。

莱布尼茨的哲学观虽然看起来毫无价值，不过当代量子学说中的平行世界理论倒有点类似于莱布尼茨的意思，当然这也是个尚有很大争议的学说。

2. 伏尔泰（1694～1778）本来是难以被称为哲学家的，即使他编写了《哲学辞典》。不过他写的《老实人》抨击的主要对象是莱布尼茨的乐观主义学说，还是有必要在这里介绍一下。

伏尔泰少年时期遇到的神父放荡不羁，这让他既学会了祈祷也学会了怀疑。长大后的伏尔泰喜欢上了说俏皮话，很快有了名气，以至于有段时间巴黎街头所有流行的俏皮话都被说成是他的创作。一次摄政王为了节省开支，卖了王室里半数的马匹，结果街头流传应该裁掉朝廷里半数的蠢驴才行。摄政王听后十分生气，一次他在公园里遇到了伏尔泰，"伏尔泰先生，我敢打赌我能让您看到一些您从来没有见过的东西。""什么东西？""巴士底狱的内部情形。"

在巴士底狱里，伏尔泰终于成了一个真正的作家，并写出了长篇史诗《亨利亚德》。后来，摄政王意识到自己可能错关了一个无辜的青年，就把伏尔泰给放了，还给了他一些赔偿金。对此伏尔泰写信表示感谢，但同时表示希望以后自己解决住宿方面的问题。

出狱后的伏尔泰的笔杆子一发而不可收，很快他的《奥狄浦斯王》在剧场上映并打破纪录，连续演出了45个晚上。他的父亲坐在包厢里，每看到一个精彩的地方都要嘟囔一句："哦，这个坏蛋，这个坏蛋！"以此来掩饰自己的喜悦。

"我只是想到什么就说什么。"伏尔泰评论自己，他注意到当时流行的非自然乐观主义。当时在里斯本发生了大地震，由于恰逢万圣节，教堂里挤满了信徒，地震夺去了将近三万人的生命，但当时教会却解释说这是人类本身的过错。几天过后，伏尔泰写出了《老实人》。以下是部分摘录。

摘录一：

老实人如同他的名字，是一个单纯善良的小伙子，他的老师是博学的神学兼哲学兼科学兼天文学的大教授。

"这是可证明的，"他说，"所有的事情是怎么样就是怎么样，决不会两样或是变样；因为上帝创造各种东西都有一个目的，一切都为的是最完善的目的。你看，鼻子是为托住眼镜架才长出来的……脚明显是为了穿袜子而生的……猪是为了让人吃肉才被上帝创造出来的……石头是为了让我们建造城堡才有的……所以一切都完美。"

老实人用心地听讲，十二分的相信。

摘录二：

老实人参军后，一天打算行使一下自己和动物一样使用双腿的天赋权利，便一直往前走。他才走了五英里就被四个高个子大汉追上了，他们捆上了他，把他投进了牢房。他们问他："是情愿在全团人面前挨上三十六鞭，还是情愿在脑袋上吃两颗子弹。"老实人说："我都不选，我有自由意志。"结果老实人挨了两个三十六鞭。

摘录三：

故事的最后，老实人又见到了教授。教授说："在一切可能的世界中，这一个最完美的世界，所有的事情都有连锁关系，如果你不是离开了城堡……如果你不是当了逃兵……如果你没有被人当作异端审判……如果你没有去过南美洲……如果……你就不会住在这儿，吃蜜饯跟果仁儿。"

老实人回答说："一切都好极了，但是，咱们快下地干活吧。"

休谟

　　休谟（1711~1766）的父亲是一名律师，母亲则是苏格兰最高民事法院院长的女儿。休谟后来回忆道："当我还是婴孩时，父亲就死了。留下我和一个长兄，一个姊妹，让我母亲来照管我们。""我母亲是一位特别有德行的人，她虽然年轻而且美丽，可是她仍能尽全力教养子女。""我因为好学、沉静而勤勉，所以众人都认为法律很适合我。不过除了哲学和一般学问的钻研而外，我对任何东西都不是太感兴趣。"

　　休谟23岁就完成了名著《人性论》。但是这本书出版后无人问津。休谟非常沮丧，"它从机器中一生出来就死了"。不过休谟后来发现，"这是由于叙述的不当，而不完全是由于意见的不妥"。于是休谟把自己的作品拆成几部分，用更浅显的语言进行表达，这才逐渐受到欢迎，作品也被多次出版，声名也日益隆起。

　　休谟后来担任过英国副国务大臣。如同他的自评一样，这是一位"和平而能自制，坦白而又和蔼，愉快而善与人亲昵，最不易发生仇恨，而且一切感情都是十分中和"的谦谦君子。休谟的一生基本是在平静中度过的，甚至都没什么趣闻轶事。

休谟在哲学上最大的贡献不是解决了什么，而是提出了著名的"休谟问题"，这是个至今未能很好解决的哲学问题。

一是休谟对因果关系提出怀疑。首先，休谟论证了因果性不是事物自在的规律。休谟认为，虽然我们能观察到一件事物随着另一件事物而来，我们并不能观察到任何两件事物之间的关联。后来罗素有一个比喻，说假设农场里有一只鸡，每次一看到农场主来，就被喂食物，那么这只鸡就以为农场主和喂食之间有因果联系。但结果这天，农场主带来的不是鸡食而是一把猎枪，农场主把鸡杀了。换句话说，鸡通过观察发现，农场主和喂食这两件事总在一起发生，便以为其中有因果关系。但实际上，耗费它毕生时间得到的观察结果仍旧不能证明这两件事之间有必然联系或者因果关系。

然后，休谟论述因果性也不是理性的法则。比如苹果一离开树枝肯定会掉在地上，我们通过日常经验就可以认识到这一点。但"经验从哪来的"这个问题我们根据经验回答不出来，"这超出了人类理智的范围，人不能明证性的回答这个问题"。所以，只能老老实实说不知道。那么苹果离开树枝会掉在地上，这不就是万有引力定律所决定的嘛。这都肯定不了，我们岂不是生活在幻觉中嘛。休谟又指出，不知道就不知道，没关系。我们能得到的经验就是面前的生活，在有明确的证据证明面前的生活都是幻觉之前，我们就照着自己平时的经验正常生活下去就可以了。我们没必要也没能力去无限地怀疑世界。

最后，休谟解释了人类为什么会产生因果性的观念。休谟认为人类（以及其他动物）都有一种信赖因果关系的本能，这种本能则是来自我们神经系统中所养成的习惯，长期下来我们便无法移除这种习惯，但我们并没有任何论点、也不能以演绎或归纳来证明这种习惯是正确的，就好像我们对于世界以外的地方一无所知一样。

二是休谟对归纳法提出怀疑。归纳法要从个别的事件归纳出普遍规律来。休谟有一句名言，说你怎么知道明天的太阳会照样升起？大家当然可以把这句话当作休谟白日做梦的笑话，因为这么多年不都是如此嘛。但是如果仔细想想的话，这还真是个恐怖的话题。

某电视台记者在火车上随机采访乘客："您今年买到车票了吗？"结果居然所有问到的人都说买到了车票，于是记者得意地宣布："今年的车票不用抢购了！"真不知道那些买不到车票的人会怎么想。

再比如，有人统计出"85%的少年犯都玩网络游戏"，于是宣称"玩网络游戏会导致青少年犯罪"。如果这个推论成立的话，那"100%的少年犯每天都吃饭"该怎么解释？

休谟所处的时代正是个科学发展的经典年代。人们认为只要科学不断前进，就可以解答宇宙中的一切秘密。而因果律以及归纳法是一切科学的基础，怎么可能统治万物的自然科学，整个都建立在一个完全不靠谱的基础之上？这太荒谬了，是吧。

不过哲学家不这么想，因为休谟的怀疑论在逻辑上是成立的，它说得通。而且人类如果存在自由意志的话，那么理性的力量也确实不需要服从因果律和归纳法啊。如何回答"休谟问题"呢，这真是个难题。

最后，休谟精彩地发现，在以往的伦理学体系中，普遍存在着一种思想的跃迁：即从"是"或"不是"为判断的事实命题，向以"应该"或"不应该"为判断的道德命题的跃迁。这种思想跃迁是不知不觉发生的，既缺乏相应的说明，也缺乏逻辑上的根据和论证。休谟认为：对价值的判断不可能从事实判断中推导出来。因为"理性"只是一种用于告诉我们怎么才能达成我们的目标和欲望的媒介和工具，但它本身永远不能反过来指挥我们应该选择怎样的目标和欲望。那么该怎么解决道德问题呢？好吧，这又是一个难题。

康德

　　康德（1724~1804）出生于东普鲁士的科尼斯堡，父亲是一个马鞍匠，母亲也很普通。24 岁的康德大学毕业，在科尼斯堡附近的小镇上做一名家庭教师。后来又到科尼斯堡大学里当助教来赚钱，而且当了好多年。在他漫长的一生中，只短暂离开过家乡的小镇一两次，他几乎一辈子都蜗居在自己家里。

　　康德身体不好，可能患有"漏斗胸"。康德在给友人的信中曾说："我胸腔狭窄，心脏和肺的活动余地很小，天生就有疑病症倾向，小时候甚至十分厌世。"

　　康德像精确的钟表一样规划自己的作息时间，每天早上 5 点起床，用两个小时学习，两个小时授课，写作到下午 1 点，然后去一家餐馆进餐。下午 3 点半，散步一个小时，余下的时间里，他读书、写作，准备第二天的讲课。晚上 9 点睡觉。康德的作息时间如此准确，以至于他的邻居们都根据他散步的时间来对表。

　　据说康德的睡觉方式是这样的："他先坐在床上，轻轻地躺下，将一个被角拉到肩膀上，再掖到背下，然后特别熟练地将另一个被角用同样的方法整好，接着再将身体的其他部分盖好。这样把自己像茧子一样裹好后，他便等待着睡意的来临。"

康德觉得吃药多了对身体不好，他就自己规定，无论医生怎么说，一天最多只吃两片药。为了避免伤风，他还规定除了夏季外，散步的时候不和任何人说话。一旦发现自己要出汗，就静静地站在阴影里，好像在那等人似的，直站到出汗的威胁消失。

他还在一本小册子中介绍自己在睡觉的时候对抗鼻塞的招数："紧闭双唇，迫使自己用鼻子呼吸。起初很吃力，但我不中止、不让步。后来鼻子完全通了，呼吸自由了，我也就很快睡着了。"对抗咳嗽"方法如下：尽最大的力量将注意力转移一下，从而阻止气体喷出"。

虽然这些守则有些奇怪，但事实证明康德是很成功的，在那个医学不发达的年代，他活到了 80 多岁。

康德是个大器晚成的人。直到 46 岁，康德才获得了教授的职位，而且当上教授以后，他仍旧很多年拿不出重量级的学术著作来。极少数了解他的朋友不断催促他完成作品，但出于优柔寡断和严谨保守，康德直到 1781 年才把《纯粹理性批判》写完。写完之后，康德心满意足地等待众人的反应，结果足足等了一年，才等来第一篇书评。但不管怎么说吧，康德总算是出名了。后来康德又写了《实践理性批判》（1788）和《判断力批判》（1790），这"三大批判"共同构成了他的哲学体系。

　　话说康德所处的时代哲学地位岌岌可危。斯宾诺莎和莱布尼兹的"实体""单子"都是假设的，根本无法证实。归纳法和因果律又不可靠，理性也只是工具。笛卡尔的二元论也无法完美统一，但如果"上帝的归上帝，凯撒的归凯撒"的话，那么只要有自然科学和心理学就行了，追求"绝对真理"的哲学还有存在的必要吗？

　　康德的解决办法是，他把世界分成了两个部分。一个部分完全不可知，另一个部分则可以用理性把握。不可知的那部分因为永远不可知，所以对我们的生活没有什么影响。只要我们在可把握的世界里生活，理性就又恢复威力了。

　　完美！但这不还是空想吗？康德说：不，这才是世界的真实面貌。

　　康德从认识的规律入手：事物虽然是具体和真实的，但它必须通过人类的眼睛、耳朵、鼻子等感官被大脑所认识，被认识的事物与真实的事物并不一致，是扭曲的产物。也就是说人类认识的世界，是经过"认识形式"加工后得到的东西，可以称作"表象世界"，与"真实世界"不一样。

　　康德还发现了被称为"先验"的东西（这个词意思就是"先于经验"），这些东西是在人获得经验之前就存在的，常常会决定着人的经验。比如"空间"这个概念，每个人都有的"我"的概念就属于空间，这根本不需要学习。而且如果连什么属于自己，什么属于外界都分不清的话，更是不可能再去学习空间的概念。所以空间这个概念是先于经验的，而且人人具备。"时间"的概念也是先验的，因为每一个时间的"我"都是变化的，如果没有"时间"的概念，怎么找到"我"呢？

康德找到了很多"先验"的东西，对科学家来说最有用的莫过于"因果律"了。因为事物尽管要经过认识的加工，但这种加工的规律还是符合理性的啊，所以科学家们大可放心地在这个世界里进行研究。

康德同样认为"道德"也是先验的，这是我们无法逃避的东西，是直觉而不是思维告诉我们这样是错的，那样是对的。尽管我们明明知道生活不像故事那样——坏人终受惩罚，好人必有好报；尽管我们每天都能发现毒蛇的阴谋要胜过鸽子的温柔；尽管明察这一切，可是我们还是感觉到正义的存在，奖励我们喜悦或促使我们忏悔，我们可以朦胧地感觉到永恒，是非之心得以长久不灭。康德名言："有两种东西，我对它们的思考越是深沉和持久，它们在我心灵中唤起的惊奇和敬畏就会日新月异，不断增长，这就是我头上的璀璨星空和心中的道德法庭。"

法国的帕斯卡说过："心灵自有道理，大脑永远无法理解。"康德完全赞同这一点。他还发现有四组"二律背反"的命题无论是证明为真还是为假，都是成立的。（1）宇宙是不是有限的。（2）物质是不是由单一构成。（3）有没有出于自由的原因。（4）有没有必然存在的物体。康德认为这背后的原因就是，这些命题讨论的内容不在表象世界，是我们的理性无法认识的。如果我们非要用理性去讨论，就会出现这种自我矛盾的情况。这也是为什么不同的理性主义者之间会得出相反的结论。

康德对理性的批判让德国出现了一股哲学思考热潮，唯物主义和唯心主义者都从他这里汲取营养，形成自己的体系。正是在这种氛围里，有诗人写道："上帝赐给法国人以土地，给英国人以海洋，给德国人以天空中的帝国。"从此哲学就变得更加深刻。

黑格尔

黑格尔（1770～1831）出生于德国符腾堡州斯图加特，他的父亲是一名财政官员，为人文雅和诚实。在父亲的熏陶下，年轻的黑格尔勤奋好学，每读一本书都要写出全面的分析。1793年他从图宾根大学的神学专业毕业，先是做了一段家庭教师，后经人介绍被聘为耶拿大学的教师。

1806年，拿破仑的大军打进了耶拿，法国大兵在城市里到处晃悠，有的人冲进了黑格尔的家里，黑格尔连忙拿出酒菜招待这些士兵。结果士兵来了一拨又一拨，黑格尔一看受不了，跟房东一起收拾收拾东西躲出去了。等法国军队离开耶拿以后，黑格尔回到家，发现他的家已经被洗劫一空。但令人惊奇的是，黑格尔并没有因此厌恶拿破仑，反倒更加赞颂法国大革命，赞美他所看到的拿破仑军队。因为在黑格尔那里，拿破仑对历史的影响是符合他的哲学观的。

那么黑格尔的哲学世界是什么呢？黑格尔认为，之前的哲学家都觉得这个世界上存在一个叫"真理"的东西，只要找到就行了。但这怎么可能呢？"真理"里面包含"我"，"我"研究"真理"，那不是对"真理"施加影响了吗？"我"的认识增加了，"真理"不也改变了吗？如此反反复复，还有"真理"吗？

强调世界是变化的，这不是什么新鲜的观点。黑格尔哲学观的关键之处在于，他认为世界的变化不是无序的，而是有方向的。这就是辩证法。

黑格尔认为：只要有理论，也就会存在一个反对它的理论。这两个理论互相冲突，在冲突中最后会共同形成一个更高级的、新的理论。这个新的理论又会产生一个新的反对它的理论，继续冲突，继续产生新的理论。

比如世界上先有鸡还是先有蛋的问题，用别的方法是没有办法给出答案的。但辩证法就可以回答：这个问题不是问题。鸡，不是从来就是这样的鸡；蛋，也不是从来就是这样的蛋。呵呵。

黑格尔把辩证法用在了人类历史上，他认为，历史的发展不是个别事件的堆砌，而是新制度推翻旧制度的必然结果，而人类只是历史的工具。正因如此，他对法国大革命、对拿破仑军队的态度就不难理解了。

辩证法本来很棒，但比较糟糕的是黑格尔是神学专业的嘛，他认为世界的本质就是绝对精神，世界发展到最后的结果，就是绝对精神成全它自己。这样子，他就让其他哲学家很不以为然了。

另外，黑格尔的著作可谓复杂难懂，为了说明一个单纯的概念，黑格尔甚至使用了很多独创的限定词，导致其显得十分深奥。据说有一个骑兵上尉被黑格尔的名气吸引，到书店买了黑格尔的著作读，结果发现几乎一句都看不懂。他又专门跑去听黑格尔的课，结果几堂课下来，他都不知道自己在笔记本上记了些什么。

诗人海涅说黑格尔的书："说实话，我很少看懂……以至于我相信他是真的不想让人懂。"黑格尔甚至自己都抱怨说："只有一个人能理解我，但他也不能全部理解。"

我们现在理解辩证法很容易，但其实黑格尔恰恰是因为他的难以理解而震惊了全国，反而获得了巨大的声望，这可真是个咄咄怪事。话说在黑格尔50岁的时候，他受聘到柏林大学当教授，当时负责接待他的官员甚至直接问他讲的课是否依然"晦涩难懂、乱七八糟、神经兮兮、混乱不堪"？但辩证法实在太厉害了，很快就统治了德国哲学界。不久以后，黑格尔就成为柏林大学的校长，他的学说也被钦定为国家的官方学说。

晚年的黑格尔开始倡导安逸和满足，这对于把斗争视为发展动力的哲学家来说简直是一件怪事。1830年他写道："经历了四十多年的战争和极度混乱之后，一颗老年人的心终于欣喜地看到了这一切终于结束，称心如意的和平年代终于到来了。"他与政府并肩站在了一起，赞美普鲁士精神是完美的体现，而把激进分子蔑称为梦幻家，以至于被论敌们称为"御用哲学家"。

1831年，黑格尔不幸染上霍乱，在柏林去世。

叔本华、尼采

1. 叔本华（1788～1860）出生于德国但泽，父亲是个商人，母亲是名通俗小说家，两人年龄相差 10 多岁，相处的不是很和睦。叔本华自称"性格传自父亲，智慧传自母亲"。

在父亲的强迫下，叔本华很早就跟着父亲经商。在父亲死后他才得以进入大学，那年他 17 岁。叔本华 25 岁的时候，写了他的第一本哲学著作《充足理由律的四重根》。写完之后他给母亲寄了一份。但因为母子关系不睦，他的母亲评价说：这一本标题怪怪的书一定是为药剂师写的。叔本华立刻反唇相讥：我的书肯定会在你的破书被人遗忘的时候继续流行。差不多第二年叔本华就离开了他的母亲。从此以后，直到他母亲去世的 20 多年里，叔本华几乎再没有看望过她。

到了 30 岁的时候，叔本华的《作为意志和表象的世界》出版了。他把手稿寄给出版社的时候洋洋自得地写道："此书通俗易通、论证有力，不乏优美的笔触"，"这本书会成为今后上百本书的源泉和依据"。叔本华甚至自信他已经解决了哲学上的所有问题。

但是，这本书出版后几乎无人问津，根本没有造成任何影响。叔本华惊呆了，向出版社一打听，他的书一年多总共卖出不到100本，大部分已被当作废纸处理了。叔本华崩溃了，他在《生命的智慧》中愤愤不平地提到："这样的著作好像一面镜子，一头蠢驴去照的话，总不能看见天使吧。""当头脑和书籍相撞发出空洞的响声，不能总是归咎于书籍吧?"不是没人评价吗，我自己来。叔本华以后的著作几乎全是对该书的注释。

又过了一年，叔本华被柏林大学聘用（没薪水）。那么叔本华的课上有多少人呢？基本不超过5个。由于无法忍受老是对着空座位讲课，只干了半年，叔本华就辞职了。

眼瞧着自己在哲学界没什么希望了，叔本华决定改行当翻译家。结果他翻译的作品也屡次被出版社拒绝。40岁了，他安慰自己说："任何有出息的男人过了40岁……难免有一点愤世嫉俗。"

后来爆发了一场遍及全欧洲的大霍乱，黑格尔和叔本华都出去躲避灾难了。但黑格尔回来得早了一点，结果染病去世，而叔本华跑的远，直到法兰克福才停下，并在那里度过了余生。

56岁的时候，《作为意志和表象的世界》第二版出了，结果只卖了不到300本，叔本华仍然在混日子。

他从父亲的商号里继承一笔不菲的遗产，并持有一些其他公司的股票，还进行了一些精巧的投资，所以日子过得还算不错。他经常在一家高档的"英国饭店"里吃饭，当时人们习惯吃完饭把小费放到桌子上。而叔本华呢？他每次吃饭前，先把一枚金币放到餐桌上，看得侍者们满眼发光。但吃完以后，这位大哥又把金币放回到自己口袋里了。后来一位侍者被激怒了，质问叔本华这是什么意思。叔本华回答说，这是一个赌注，只要有一个在这里吃饭的政府官员不谈论马、女人和狗，我就把这枚金币捐到慈善箱里去。

叔本华很担心自己遭受意外，所以他的住房必须在底层，以便遇到危险的时候能迅速逃离。而且睡觉的时候，床边总是藏着上了子弹的手枪。他还在茶叶罐子上贴上"毒药"，这是为了迷惑可能到来的小偷。他也不信任银行，要求银行职员把他财产的利息每个星期送到他家里，让他亲自数一数。他还从来不让理发师的剃刀接近他的脖子。他甚至害怕自己还没真的死亡，就被人粗心地埋起来，因此特别嘱咐说，当他死后，在他的死亡确认无疑之前，装他的棺材不能盖盖儿。

忍耐，再忍耐一会儿，叔本华坚信自己会得到社会的公认，这一点他是对的。终于，名声慢慢来了，已经进入人生晚年的叔本华终于拥有了自己的盛名：人们热切地阅读他的文章，生怕漏掉只字片语；他的信徒们从世界各地纷至沓来看望和膜拜他，在他70寿辰的时候，来自四面八方的贺信源源不断。因此，这位著名的悲观主义者在晚年简直变得乐不可支，他饭后总是要吹一阵笛子，感谢光阴消除了他年轻时的浮躁。他引用诗人彼得拉克的话说："谁要是走了一整天，傍晚走到了，那也该满足了。"

回过头我们来看看叔本华到底说了些什么吧。《作为意志和表象的世界》的第一句就是"世界是我的表象"，当然，这就是康德的意思。叔本华也是在这一点吃了大亏，他把自己的观点放在了 200 页之后了。

"我们永远不能从外部去掌握事物的真正本质，不管花费多大的精力和时间。""如果我们探索出心灵的本质，我们或许就可以得到开启外部世界的钥匙。"叔本华认为："人看似是从前面被牵着走，其实他们是从后面被推着走。""要说服一个人，不能靠逻辑，必须从他的意志上打主意。""要考虑他的自身利益和欲望。"

叔本华认为生命意志是世界的真正原因，不但是思维的源头，而且肉体也是如此。"身体运动不是别的，正是客观化了的意志活动"，"肉体的各个部分都完全符合主要欲望，通过这些欲望，意志表现了它自己"。理智需要休息，可意志不会。比如睡眠的时候，大脑停止了活动，而意志仍旧在致力于身体的维护和改善，"所有痊愈和好转都在睡眠中发生"。

在动植物中也是如此，生命的形式越低，理智的作用也越小，但意志不这样。"大多数生物没有意识，但它们依本性行事，也就是它们的意志。"小狗不敢从桌子上往下跳，它不是通过推理（以前没摔过），而是本能。

最最重要的一点是：既然世界是意志，那么它必定是一个痛苦的世界。这才是叔本华身上最耀眼的标签。

因为欲望代表着意志，而欲望总是大于能力的。满足不了欲望，人会痛苦；满足了旧的欲望，又会产生新的欲望。就像王尔德所说："人生有两大悲剧：一个是得不到想要的东西，另一个是得到。"所以每个人都逃脱不了痛苦。退一万步讲，真的没产生新的欲望，人还是会感到空虚和无聊，这也是痛苦。所以快乐只是暂时的，痛苦才是永恒的，"人生好似钟摆，在痛苦和无聊之间不停地摆动"。人类被这么一个没法打败、又只能带来痛苦的东西控制，那人生自然是一个悲剧。

那么，我不活了行吗？不行。叔本华说，"有一个深思熟虑的死，就会有无数个不加思考的生"，自杀并不能克服痛苦，反而是向痛苦投降。而且按叔本华的观点，自杀可不会影响个体的意志哦。

怎么办？叔本华说："只有意志完全听命于知识和理智的时候，才会出现征服人生不幸的胜利。"说起来很有意思，知识是意识的产物，但它能控制意识。"理性对于人的意志，就像笼头对于烈马。"叔本华认为宿命论不错，"抱怨命运如同诅咒太阳一般无用"，"就十件事而言，如果能认识到它的必然性和本质，那么至少有九件不会烦扰我们……"而且悲观主义的另一个好处是，它能让你意识到世界上的其他人和你一样注定痛苦，无论那人多么有钱多么风光也是一样。那么相比之下，自己的痛苦也就会好受一点。

叔本华后期接触到了印度佛教，他说自己在面对佛像时，"我能看出悟的神情，这不是对个别事物的认识，而是意志的平息"，"那高于一切理性的平静、那安静的恬然、那深沉的宁静、那无法动摇的自信和怡悦……留下的只有知识，意志已彻底消逝"。

通过涅槃，个人达到无意志的宁静，那群体如何拯救呢？叔本华甚至倡导不再生育，显然，这个观点就太过分了。

2. 尼采（1844~1900）出生于德国的一个乡村牧师家庭。幼儿时期的尼采是个沉默的孩子，两岁半才学会说第一句话。5 岁的时候父亲就去世了，数月后，年仅 2 岁的弟弟又夭折。亲人接连的死亡让这个孩子具有了忧郁内倾的性格。后来他自己回忆说，"从童年起，我就寻求孤独，喜欢躲在无人打扰的地方"，"在大自然的自由殿堂里，我在那里找到了真实的快乐"。

中学阶段，尼采受到了严格的音乐和文学训练，大学又学了神学专业（这个专业好像容易出反叛者）。21 岁那年，他偶然的在一个旧书摊上购得了叔本华的《作为意志和表象的世界》一书，翻开后简直欣喜若狂，"我觉得叔本华就在我面前，与我侃侃而谈"。他完全沉浸在这本书中，心中充满神经质的激动。

一年后，尼采参加了军队，他把叔本华的照片放到自己的桌前，一遇到困难就大叫："叔本华，救救我！"毫无疑问，叔本华就是他的上帝。

后来，尼采在战斗中负伤退出了军队，经人推荐他成了瑞士巴塞尔大学的古典语言学教师，第二年又被正式聘请为教授。不久传来了德法开战的消息，尼采主动要求上前线。在途经法兰克福时，他看到一队军容整齐的骑兵雄赳赳气昂昂地穿城而过，突然间，尼采的灵感如潮水般涌出："我第一次感到，至强至高的'生命意志'决不表现在悲惨的生存斗争中，而是表现于一种'战斗意志'，一种'强力意志'，一种'征服意志'!"

尼采在哲学上基本没创新，但他把道德分成了两种。第一种道德是弱者的道德，就是限制强者的能力，要求强者给弱者分一杯羹，是消极的一面。第二种道德是强者的道德，这种道德崇尚强大，鄙视软弱，拒绝平庸，代表了生命积极的一面。尼采认为，同情弱者这没错，但弱者不能以此为理，去要挟、榨取强者，去拖强者的后腿，这样做是可耻的。

1883年到1885年，尼采完成了《查拉图斯特拉如是说》。印完之后，别说卖了，送只送出去7本。最糟糕的不是反对，而是漠视，尼采绝望了。

不得不提一下的是，尼采20岁那年曾经进过一次妓院。虽然据尼采自己说他在妓院中慌慌张张地弹了一首钢琴曲就出来了，但是很多人认为，尼采就是在这个时期染上梅毒的。随着年龄的增大，尼采的身体越来越差，就在这本书出版后大概二三年里，尼采不但双目失明，而且真的疯了，一生中很少恢复过理智。

讽刺的是，在尼采疯了以后，财富和荣誉接踵而来。人们像对待圣人一样崇拜他，王公贵族争相拜见，就好像只要看一眼这位已经失去了神志的可怜人，就可以沾上一点哲人的仙气一样。尼采的妹妹还不光彩地把疯了以后的尼采打扮成展览品，故意让他穿上白色的袍子。尼采原本就有一把浓密的胡子，这下他更像是神话传说里的先知了。

尼采的作品大气磅礴，有很强的感染力。虽然他的超人理论后来被希特勒利用，成为了纳粹理论的一部分，然而实际上，尼采并不是一名反犹主义者。尼采发疯以后，他的妹妹任意增删、篡改尼采的作品、信函，硬生生把尼采的学说变成了煽动民族仇恨和种族歧视的武器，但，这就不是尼采的错了。

维特根斯坦

维特根斯坦（1889～1951）的一生堪称传奇，也许你会不信，但我保证这都是真的。

维特根斯坦出身于犹太家庭，他的父亲是奥地利钢铁大王，垄断了整个奥地利的钢铁产业，他的母亲是哈耶克（诺贝尔奖获得者，他的学生索罗斯曾经在亚洲搞过一次金融风暴）的表妹，他们家的财产遍布世界各地。

维特根斯坦中学的时候竟然是跟希特勒一个学校。虽然两人同岁，但维特根斯坦过于优秀而跳了一级，希特勒则因为学习不行蹲了一级，两人之间实际上没有什么交往。

后来维特根斯坦到剑桥大学学习，居然能和数学家罗素和经济学家凯恩斯成为好朋友。罗素后来称这场相识是他一生中"最令人兴奋的智慧探险之一"。注意，两人已经是大名人了，而维特根斯坦不过是名学生而已。

维特根斯坦25岁的时候，第一次世界大战爆发。本可免服兵役的维特根斯坦积极入伍，并在战场上表现英勇，几次获得勋章。后来，维特根斯坦被意大利军队俘虏了。他的家人四处打点要救他出来，但维特根斯坦却拒绝在同伴获释前出狱，宁可待在战俘营里写他的《逻辑哲学论》。

后来战争结束，维特根斯坦被释放，他也写完了《逻辑哲学论》。当时他的父亲已经去世，维特根斯坦理应继承大笔遗产，然而他把自己所有的财产都赠送给了兄弟姐妹，自己去奥地利南部山区当小学老师去了。

40岁的时候，维特根斯坦决定回到剑桥再读读书。到了剑桥，他发现根本不用参加学习，只要交一篇论文就可以获得哲学博士学位，结果他就把那篇《逻辑哲学论》交上去了。

但这篇文章早就被当作经典而广为传播了，负责审阅的考官还能怎么说呢。据说两个考官跟维特根斯坦说："咱还是答辩吧，你好歹也得回答几个问题吧。"结果维特根斯坦侃侃而谈，然后拍了拍两个老师的肩膀说："别介意，我知道你们其实搞不懂我在讲什么。"

希特勒上台后，对犹太人进行了残酷的迫害，维特根斯坦的两个姐姐不幸落入纳粹的手中，当时纳粹对维特根斯坦家族的财富垂涎三尺，开出巨额赎金。维特根斯坦从中反复斡旋，最后支付了1.7吨的黄金。

战争结束以后，维特根斯坦依然对金钱毫无兴趣，过着简朴的生活，终生不过教学写书而已。

再说说《逻辑哲学论》写的是什么吧。后来的哲学家们发现：真理需要用语言表达，所以这种表达语言必须严谨。但我们平时使用的语言大有问题，像"生命意志""权力意志"等词其实都是专门术语，一不小心就会用乱。为此，以维特根斯坦为代表的逻辑实证主义者们创造了一种新的语言：他们用大量的符号代替词汇，使得原本一个用语言写成的命题如今写得好像数学公式一样。

逻辑实证主义者要用逻辑工具去考察所有的哲学命题，把所有没有意义的、不可证实的命题都剔除出去。这种想法理论上没错，然而结果却让他们吓了一跳。

他们发现剔除到最后，能留下的只有类似"今天的太阳是从东方升起来的"之类的直接描述性命题，或者是不产生任何新知识的"爸爸是父亲"之类的重复命题。为什么哲学家们对形而上学争论了那么久都没有结果呢？因为他们争论的根本是一个没有意义、不可能有答案的问题，人们没办法靠实证的方式来解决这些问题。所以维特根斯坦说："凡是可说的事情，都可以说清楚，凡是不可说的事情，我们必须保持沉默。"这么一来，维特根斯坦觉得他没有困惑了，已经解决一切问题了，于是安心地去过简朴的日子了。

但是，后期维特根斯坦的思想又转变过来了，他在《哲学研究》序言中说明前期著作犯了严重的错误，语言不符合逻辑并非就没有意义。维特根斯坦发现了同一句话放在不同的环境里含义各不相同，而且都有意义。比如"我不是一个人"这句话，在一个痛哭流涕的男人嘴里说出来是一个意思，而混混打架的时候说出来就是另一个意思了，如果是恐怖片里有人说出来那就太可怕了。再比如"蓝天真蓝、白云真白""钱没有问题，但问题没有钱"这样在逻辑上站不住脚的语言，在生活中反而可以更加深人们直观感受啊。

"生活不仅仅需要朴实的理解，有的时候也需要荒谬的想象"，维特根斯坦认为，因此哲学不可能成为严谨的学科，不可能去严谨地解释这个世界，它只能描述这个世界。维特根斯坦自己又把自己以前的结论给推翻了，所以他是双料的哲学家。

相信看到这里大家已经迷茫了，真理到底是啥？实用主义者会回答："真理要有用，最有用的、效果最好的就是真理。"这个观点并不新鲜，伏尔泰就说过，"要有上帝，没有的话也要创造一个""如果我的律师、裁缝、仆人，甚至我的妻子相信上帝的话，我就可能少被欺骗、抢劫或戴绿帽子"。但这也是个很扯的观点，真理没有标准的话，那岂不是人人都可以根据自己的喜好，想说真理是什么样真理就是什么样吗？那还能分辨是非吗？还有道德吗？

为了避免混乱，最后（本老师敲黑板了哦）引用诗人普里兹文的话作为结尾："生活中没有哲学还可以应付过去，但是没有幽默感则只有愚蠢的人才能生存。"

关于进化论的故事

第五章 ◎

本文是对史钧教授所著《达尔文背后的战争》的缩写。这本书写得非常棒，对科学真理要经过多少次的质疑才能被认可的描述十分到位，而且故事生动、语言有趣，让我读后备受启发，收获颇丰，不啻于接受了一次"智力上的洗礼"。在此向史钧教授致敬！

达尔文提出了生物进化论

在人类的对世界的认知中，神学长期以来都是占统治地位的。看啊，白天有太阳，晚上有月亮，而我们的大地上则是花红柳绿、草长莺飞。世界如此广博，如此美妙，不能不让人充满感恩之情，这一定是上帝的杰作！然而在悲观主义者眼里，这世界充满了令人沮丧的缺憾和无穷无尽的痛苦。难道上帝是个低能儿，在创造出这个丑陋的世界后就羞愧的永远离开了吗？为什么不管多么虔诚的祈祷往往都没有什么作用呢？

不管怎样，毕竟人类天性中乐观的成分居多，所以神学基本还是赞美上帝的学问。和我们通常认为的正好相反，神学其实是严重排斥迷信的，原因不难理解：既然世界是上帝创造的，那研究世界自然就是理解上帝最好的途径。所以很多主教往往兼任该地区的科学研究会长，而且通常精通同时代的数学、天文、地理、生物解剖及物理、化学等知识。而我们只要知道即便是写出《时间简史》，被公认为当代自然科学领袖人物的霍金，在 2010 年接受 CNN 记者采访时表示"上帝可能存在"，就能大概了解神学的影响是多么的根深蒂固了。

真正触及神学核心，成功把神学和科学分割开的是生物科学。虽然人们对自然的探索和思考必然导致出现"进化论"，但这同样必然会是个漫长的过程。

最早系统提出生物进化观点的是 1744 年在法国出生的拉马克。他通过长期对动物和植物的观察后，提出了"用进废退"和"获得性遗传"。如长颈鹿的祖先原本是短颈的，但是为了要吃到高树上的叶子，经常伸长脖子和前腿，通过遗传而演化为现在的长颈鹿。这就和长久以来形成的"神创论"产生了直接的矛盾。为了避免招惹麻烦，拉马克巧妙地把自己的观点隐藏在大量的客观描述中。拉马克根据自己的理论，还推测生物之间应该存在连续的联系，之所以看上去没有，是因为还没有被我们找到。

为了验证拉马克的理论，德国的魏斯曼养了一批老鼠，然后坚持不懈地把每一代的老鼠的尾巴都切了下来，一直连续切了 20 多代。结果发现，老鼠尾巴的长度并没有受到影响，据此，魏斯曼宣布拉马克理论是错误的。可是这个实验是有问题的，因为老鼠并不是不需要尾巴，它们的尾巴是强行被切断的，这种人为的悲剧当然不能称为"用进废退"。但这个错误的实验得出的结论却是正确的，当时谁都没想到，女性的处女膜就是一个强有力的反证。

达尔文是一个长相普通、智力平平的人，在被父亲送去爱丁堡学习医学期间，成绩一直很差，老师对他的印象非常一般。失望之下，父亲决定送他去教会学校，好以后能混个牧师的职业。1827年达尔文就这样进入了剑桥基督学院，他可能是这个神学院培养的一个最伟大的叛徒了。

在剑桥，达尔文一如既往地不喜欢学习和研究，就如同他父亲骂他的那样，是过着一种"无所事事的游荡生活"。1831年，为改进英国海军的航海图，英国皇家军舰"贝格尔"号受命远洋考察，需要一名随船牧师，达尔文的导师就安排达尔文参与了这次活动。考察活动直到1836年结束，达尔文在这条船上度过了5年的痛苦时光，晕船和疾病几乎无时不在折磨着他，而且由此落下的后遗症几乎纠缠了他一辈子。用中国的话来说，大概就叫"天将降大任于斯人也，必先'折腾折腾'他"。

到了结婚年龄的达尔文，刚开始并不打算随便结婚，他列了一个十几页的单子，详细对照了结婚的好处和坏处，结果是结婚的好处还是多一些，用达尔文自己的话说"有一个妻子还是比有一只狗强"。

经过理智的思维，达尔文决定向爱玛小姐求婚，这个天真单纯的小女人并不知道达尔文内心的真实想法，她高兴地答应了他，并开心地照料了他一生。然而爱玛对达尔文的意义不仅于此，因为爱玛的家族非常有钱，巨额的嫁妆足够达尔文不需要找工作就可以过上贵族般的生活。他可以安心地阅读、写作和思考。

心情舒适的达尔文开始整理自己环球航行的资料，并很快出了书。书本的销量很好，使达尔文很快拥有了作家的头衔。这是个意外惊喜，连达尔文自己都没有想到自己在文笔方面会这么受欢迎，他自认为自己重要的任务是思考物种起源和进化问题。当然，进化对他而言已经毫无疑问，重要的是回答生物为什么进化和如何进化。

1838 年秋天，为了消遣，达尔文把马尔萨斯的《人口论》读了一遍。马尔萨斯断定，为了解决人口增长和资源有限的矛盾，饥饿、战争和瘟疫是必不可少的手段。这让"自然选择"的灵光突然闪现在达尔文的脑海里。随后的思考过程中，达尔文关于进化的理论逐步成型，主要观点如下：

（1）生物是变异的。

（2）变异是逐渐的、不明显的（达尔文本人反对跳跃式的变异）。

（3）物种都有强大的繁殖能力，很容易超过自然的承受能力，必须大量淘汰。

（4）变异是各种各样的，只有对环境适应的才能生存下去（适者生存）。

（5）能做出这种生死裁决的只有大自然（自然选择）。

好了，可以比较一下拉马克的"进化论"和达尔文的"进化论"了。拉马克认为，目的就是进化的动力；而达尔文认为，进化不需要目的。这好比同样是一场百米赛跑，拉马克的运动员都认准了终点，撒丫子跑，谁先到终点谁获胜。而达尔文的运动员则全部被蒙上了眼睛，任由他们四面八方乱跑，谁运气好，跑到了正确的终点谁获胜。

拉马克的"进化论"认为生命存在自由意志，就如同前面提到的长颈鹿，是拼命地想伸长脖子，结果就慢慢地变成了长脖子。而达尔文的"进化论"则完全否定了自由意志。因为只要承认存在自由意志，就无法完全否认上帝的存在，所以只有达尔文的"进化论"和神学彻底划清了界限。

科学与神学的交锋

1859年11月达尔文的《物种起源》发表后，果然引起了轩然大波。

我们熟悉的伟人马克思和恩格斯以最快的速度阅读了这本书，并大力赞扬："至今还没有这样大规模的证明自然界的历史发展的尝试，而且还这么成功"，"不管这个理论在细节上还有什么改变，但总体而言，它已经把问题解答的令人再满意不过了"。因为达尔文的进化论对建立"唯物主义""无神论"体系的马克思和恩格斯而言在理论上极有帮助，所以恩格斯把进化论和能量守恒定律、细胞学说并称为19世纪自然科学的三大发现。睿智的恩格斯甚至发现了达尔文主义存在的问题，由于对生物协作的重要性强调不足，所以恩格斯拒绝把进化论从生物学引入社会学。

而对逻辑学非常敏感的波普尔似乎一眼就看出了达尔文主义的问题，"适者生存"等同于废话。因为该论点显然犯了同义反复的逻辑错误"适者生存"等同说"可以生存的生存""生存的是可以生存的"，这和"我爸爸是我父亲"一样，不含有任何有用的内容，这样空洞的理论当然要被踢出科学领域。

英国物理学的巨头开尔文则用地球散热的速度推算出地球的年龄只有2000多万年左右，最多不超过1亿年，如此短的时间不足以支持生物慢腾腾的进化（现在知道伟大的开尔文忽略了地球内部放射性元素的作用，低估了地球冷却的时间）。但对于物理知识的缺乏，达尔文居然无言以对。

更严酷的指责自然来自宗教界，他们指责进化论是"粗野的哲学"和"肮脏的福音"，并把干过牧师的达尔文比喻成一个"魔鬼牧师"。虽然有的教会人员采用和稀泥的手法，解释上帝只需要创造原始物种和生存法则就可以了，其他的工作由生物自己完成，这样进化论也就变成了上帝的发明。但在保守的英国，受过正统教育的牧师们仍然异常愤怒，因为《物种起源》是对《圣经》中的描述的全盘否定，这会导致大家不信仰上帝。在这些虔诚的牧师看来，进化论将颠覆世界的伦理和道德。

达尔文小心翼翼地回避着因《物种起源》而惹出的麻烦，他对于各路的攻击采取了乌龟大法，躲在自己的别墅里一律不予理睬。达尔文的避让态度并不妨碍另一些科学工作者对进化论的倾力支持。其中他的好友、英国皇家学会的赫胥黎在读完《物种起源》后不禁拍案长叹："我简直太笨了！居然没想到这一点。"赫胥黎完全明白这一理论必将引起教会和世俗的强烈攻击，为此他写信给达尔文："对于你的理论，我准备接受火刑也要支持你。"

这种气氛下，科学和宗教的冲突已是不可避免。1860年6月27日，英国科学促进会的年会在伦敦召开。第二天，在动植物组的分会场上，赫胥黎开始对反对进化论的动物学家欧文发难，因为欧文声称通过解剖发现，人的大脑中有一个重要结构——海马回，而黑猩猩和大猩猩的脑部中则没有这个结构，这一区别说明人与猿在结构上不能存在连续性，所以人不是猿进化而来的产物。恰好赫胥黎有足够的证据证明所有的猿都有海马回，人与猿在结构上存在连续性，所以欧文只一个回合就轻易被打败，赫胥黎取得了全面胜利。

第二个出场的是牛津教区主教威尔伯福斯，因为善于辩论，人送外号"油滑的山姆"。这场辩论开始引起越来越多的关注，先后来了700多人，小会场坐不下了，于是辩论会搬到了牛津博物馆。

在几位科学家读完自己的研究报告后，威尔伯福斯主教（他的身份还是当时英国科学促进会的副会长）站了起来。为了维护正统的教义，主教以非常轻蔑的语气谈起了进化论，嘲讽了达尔文和支持达尔文的科学家。为了更有说服力，主教告诉大家，"我们反对达尔文的理论，是在严肃科学的基础上进行的，但是达尔文采用的却是用异想天开的幻想来代替严格的逻辑推理"，"是以最大胆的假设为基础的纯粹假说"。主教还认为，已有的事实不能确保这一理论的正确性，所以从根本上来说，进化论是一个毫无根据的假说，它既违背科学精神又与人类的利益相对立。

威尔伯福斯主教采取了一个非常聪明的办法，他没有借助上帝来打击达尔文，而是试图从科学方法论上踩死他，这就可以给听众造成可以信赖的感觉。在演讲快要结束的时候，威尔伯福斯主教把目光转向了赫胥黎，用挑衅的语气说："那个声称人与猴子有血缘关系的人，究竟是他的祖父还是祖母是从猴子变过来的呢？"

赫胥黎对身边的朋友低声说了一句"感谢上帝把他交给了我手上"就大步走上讲台。赫胥黎先从专业角度反驳了主教介绍的肤浅而可怜的生物学知识，然后赫胥黎坚定地认为，通过观察和实验发现大量事实，然后在这些事实的基础上进行推理，并得出结论，最后再把结论和更多的事实进行比较和检验，这个过程完全符合科学逻辑的标准。最后，赫胥黎语气坚定地总结："我声明，我再次声明，一个人，没有理由因为可能有一个大猩猩祖先而感到羞耻。真正应该感到羞耻的是，他的祖先是这样一个人，他不是利用他的聪明才智在自己的领域去获得成功，而是利用他口若悬河的言辞、偷梁换柱的雄辩和求助于宗教偏见的娴熟技巧来分散听众的注意力，借以干涉他自己不懂的科学问题。"

因为双方用词激烈，唾沫横飞，台下的群众也情绪激动。一位布劳斯特太太当场被吓晕过去，她实在想不到看上去文质彬彬的科学家和修道士也会如此刻薄相向。

　　这次"牛津大战"成了科学战胜宗教的里程碑，从此以后，教会在科学界的影响急剧下降。人们欢呼科学的胜利，希望科学能满足他们更多的好奇心，他们急切地盼望科学去解释一切。终于，轮到科学界内部争吵成一团了。

"达尔文主义" 内部的争论

德国生物学家海克尔画的几种动物胚胎发育过程图在 19 世纪大为流行，图片清楚地表明，不同的动物在胚胎发育过程中存在相同的形态的阶段。这似乎说明，胚胎的发育再现了生命的进化过程。当然，人们后来发现海克尔在图画上动了手脚，现在这个学说基本上死的差不多了。

这些都是很久以后的事情了，当时的达尔文不了解这些，他是很信服海克尔的"胚胎重演论"的。但与提出"人猿同祖"概念的布丰不同，达尔文既没有说过人是由猴子变来的，也没有说是从类人猿变来的。他只是推测"人类起源于一种带毛的、长有尾巴和尖耳朵的哺乳动物"。达尔文进一步论证："人类的感情、直觉以及一些心理活动，都没有与动物之间拉开绝对的鸿沟。无论从哪一方面看，我们与动物仍是趴在一个战壕里的战友。"

另一个进化论先驱华莱士则不这么看（此人比达尔文晚生十几年，所以略带悲剧）。虽然在生物形体方面，华莱士比达尔文更激进地相信自然选择的力量，他认为生物体根本不存在无用的器官。与此相印证的是，我们现在发现，曾经被当作废物切掉的阑尾，其实是一个很重要的免疫和激素的分泌场所。华莱士的观点被后人称为"纯达尔文主义"，而达尔文本人对自然选择在进化方面的作用则不那么绝对化，为此，华莱士甚至批评达尔文不是坚定的"达尔文主义者"。但在智力方面，华莱士则认为人类具有独立于身体的灵魂能力，否则在满足自然选择方面，大猩猩的脑袋已经够用了，而人类产生的在音乐、数学、文学、哲学等方面的智力明显过剩。这个疑问困惑着华莱士，最终他成了一个自然神学主义者。

古德尔对此有一个解释，他认为自然选择造出来的器官可能会同时拥有多种功能，就像能大声吼叫的嗓子并不妨碍唱上几句高音，而分辨味道的舌头完全可以被恋人用来接吻。这些顺便带出来的功能，是可以喧宾夺主变成主要功能的，大脑就经历了这样一个转变的过程。请注意这只是一种解释，对于人类性质的看法，目前大家仍然在相互争吵。

有一个问题达尔文必须做出解释：既然自然选择了能生存下来的物种，为什么同一个物种之间，雄性和雌性之间看上去那么明显不同。雄孔雀拥有那么豪华艳丽的长尾巴，而雌孔雀却长得灰不溜秋的，这究竟是为什么呢？这个问题似乎击中了要害，如果解释不通，自然选择理论就完蛋了。

达尔文陷入了困境，他亲口说过："我一看到雄孔雀的大尾巴心里就烦。"最终，达尔文也没能用自然选择理论作出合适的解释。于是，他在 1871 年提出了"性选择"理论作为进化论的补充。这个理论把异性之间的选择分为两种：雄性与雄性之间相互竞争（通常是打架），获胜方自然可以抱得美人归，这是性别内的选择；如果雄性（或者雌性）全部文质彬彬，任由异性选择，被挑中者获胜，这是性别间的选择。

性别内的选择，雄性就会越来越猛，比如狮子、老虎和海豹等，因为需要直接开打。还有一些奇怪的战斗方式：鳄鱼比快速转圈，而公鹿则比嗓门大。相对而言，性别间的选择就比较温和。雄性动物完全可以排队比谁长得更漂亮，谁的歌声更好听，谁的舞姿更优美，甚至更实际些，可以比谁的彩礼更丰厚。当然，这里会有一些可耻的骗子，比如有种苍蝇已经学会给女友送上一只空的礼包。问题是，雌性有选择的意识吗？难道它们懂得审美？在很多人头脑里，审美是人类才有的能力。但达尔文相信动物有审美观，这和他把人与动物联系起来的想法是一致的。还有一个更关键的问题，性别间的选择里雌性凭什么有选择的权利，是什么造成了这一不公平现象呢？达尔文的解释是，并非是这些雄性不要脸，实在是精子与卵子数量上的严重不对等，造成雌性有资格作为选择者，而身上装满了便宜货的雄性只能拼命折腾而接受选择了。

达尔文遇到的第一个挑战就是实行"一夫一妻"制度的动物，这种动物似乎没有选择的必要。对此，达尔文的解释是：先下手为强！长得漂亮的还是能先找到老婆，这样性选择理论依然成立。

而达尔文遇到的最强有力反对者居然是"纯达尔文主义"者华莱士。他完全不承认动物有审美观。如果有的话，那每只鸟的审美观肯定会有差别，一只城市鸟和一只乡下鸟眼中的完美情人肯定会不一样，这会让雄鸟无所适从。而且审美品位是流动的，今年喜欢红色的雌鸟，明年也许会喜欢绿色。

与达尔文紧盯雄性不同，华莱士盯上了雌性灰扑扑的装扮。他认为，自然界天生就有五彩缤纷的倾向，所以长出一身艳丽的羽毛并不难，难的是不让它们长出来。由于朴素的体色起到了保护色作用，所以更适合长时期的孵化后代，也就是说还是自然选择的力量，让雌鸟变得暗淡无光。由此，华莱士和一大批的进化论者坚定要求达尔文把"性选择"理论删掉。至于雄性五花八门的各种无聊动作，华莱士则认为纯粹是消耗发情期积累的多余能量（唱歌也是很累人的）。但问题又来了，为什么雄性非要跑到雌性身边去又唱又跳呢？华莱士解释，这是因为受到性激素的影响，此刻心情最荡漾。

两拨人谁都说服不了谁，只能求助于实验来解决，不过人为的实验往往与自然条件不一致，说不定还会影响鸟的心情，实验结果自然不可靠。

剩下的路只有一条，继续吵呗。

该怎么解释 "物种大爆发" 现象呢？

有虔诚的教徒谦虚地请教著名的进化论学者霍尔丹，怎么才能推翻进化论呢？霍尔丹说了一句著名的话："一只寒武纪前的兔子化石。"

寒武纪物种大爆发被发现以来，直到现在，一直被当作攻击进化论的重磅武器（所谓的"寒武纪物种大爆发"，是指约为 5 亿 4000 万年前的 3000 万年时间段内，新物种铺天盖地爆炸式涌现的情形）。这种发现再次把达尔文搞懵了，进化论又一次面临绝境。

达尔文虔诚地相信地质渐变论，然后坚信生物进化渐变论。甚至冒失地保证："如果我的学说是正确的，那么寒武纪最下面的沉积以前，世界上必然已经充满了生物。"赫胥黎对达尔文如此决绝的态度非常不理解，即使生物进化的很快，自然选择依然是正确的，完全没必要把赌注压在一个不必要甚至可能是错误的假设之上。为此，赫胥黎不断写信劝告达尔文，应该承认跃进式的进化，但达尔文非常固执地坚持自己的渐变论观点。后来，因为实在不愿意看到自己和达尔文之间的争吵帮了神创论的忙，赫胥黎只好闭上嘴巴不再啰唆。

达尔文认为，这种物种大爆发根本不存在，因为软体动物不容易留下化石，所以才造成了有壳的、有骨的动物大量涌现的假象。但现在已基本没人赞同这种理论了，一是人们至今没有找到像样的化石证据；二是连单细胞的藻类都留下了大量的化石，更复杂的软体动物没有理由踏雪无痕吧。

事实上，大爆发的现象不是一夜之间完成的，同样是在漫长的时间里按照从少到多、从简单到复杂的程序进行的，也有很多生物慢慢被自然淘汰而绝种，这一点也没有违背达尔文的进化理论，让达尔文烦恼的只是它们出现的速度跟现存生物进化的速度相比快了点而已。

生态学家斯坦利在 1973 年提出"收割者理论"来解释寒武纪物种爆发现象。这种理论认为，在一片麦田里，杂草受到抑制；但当麦子被收割掉，其他各样杂草就可以趁机肆意生长，直到产生新的平衡为止。这个理论还受到野外研究的证实，在一个鱼塘里放进凶狠的肉食鱼，随着屠杀的进行，池塘里的物种多样性却在急剧增多。同样被广泛接受的还有 HOX 基因调控理论，这个理论认为，虽然一些生物体的外形很相似，但实际在基因层面已经早已分道扬镳。

当然，这些理论不一定就是正确的答案，随着科学的发展，肯定还会有新的理论出现。

和物种大爆发一样，物种大灭绝同样让达尔文头痛。

既然物种是慢慢产生的，那也应该是慢慢灭绝的，这是长期竞争的必然结果。而地质考察表明，2 亿 2000 万年前的二叠纪末期，发生了一次严重的物种大灭绝，大约一半的海洋生物在几百万年内连接死亡，90% 以上的物种成队消失。此后大约 6500 万年前，又发生了一次以恐龙灭绝为标志性事件的白垩纪大灭绝，物种的灭绝率达到了 85%。

关于物种大灭绝的解释五花八门。二叠纪的大灭绝从化石来看基本都是浅海生物，因此有人提出大陆板块漂移造成陆地相互挤压，浅海区域因此极具减少，大部分的浅海生物的地盘没了，只好死翘翘。通过计算，浅海范围的减少幅度正好与物种的减少幅度相一致，所以这个理论很有说服力。而 1996 年的《自然》杂志却指出，全球海平面的大幅上升，造成海洋缺氧，从而导致海洋生物因缺氧而死，形成大灭绝。这个理论得到了地层岩石证据的支持，也显得很有道理。

由于白垩纪大灭绝涉及恐龙的命运，所以更能引起大家的关心。法国的生物学家居维叶提出"灾变论"，认为这次灭绝是非常力量引起的，大概是上帝的意思吧。因为把造物主牵扯进来，所以这个理论受到了猛烈抨击，最后被赶出学术圈。而德国的生物学家欣德沃尔夫自然不能再请出上帝了，他把非常力量解释为一颗乱窜的行星，也可能是彗星或者陨石，这样子看上去就科学了很多，容易被人们接受。人们甚至找到了当年大碰撞的痕迹——在墨西哥的热带森林深处，直径约 180 公里。不过，对于这个理论不利的证据是，白垩纪的化石记录表明，大多数物种灭绝的速度并不快，很多都是经历了上千年的时间才最终灭绝，这显然与天地大碰撞所造成的短期快速灭绝不一致。所以，目前仍然没有哪种理论可以合理解释这种灭绝现象。

"新拉马克主义"与"新达尔文主义"的争论

遗传，物种产生的变异必须能遗传，否则进化无从谈起。达尔文当然清楚这一点，可惜当时没有可以确定的遗传学知识，以至于伟大的达尔文也只好靠蒙了。

达尔文认为，生物体内存在可以遗传的胚芽式微粒，这种微粒传给后代后，随着后代细胞的分裂而繁衍。由于胚芽式微粒的混合方式不同，所以有的孩子像父亲，而有的像母亲，甚至出现返祖现象。达尔文明白这一理论实际上支持了拉马克的获得性遗传学说，所以他自己也承认对遗传知识"深深的无知"。

奥地利的牧师孟德尔在长达8年的豌豆实验中，运用数学和统计学的方式发现了遗传因子的分离和自由组合原理，在遗传学领域成功验证了达尔文主义的正确性。孟德尔本人则比较悲剧，由于不善于表达，他的论文相当无味和冗长，导致长期被科学界无视，最终郁闷至死。

德国的魏斯曼提出的"种质论"则有异曲同工之妙。他认为，生物体可以分为"种质"和"体质"，其中"种质"可以连续的遗传，而"体质"不过为其提供了一种保护（这基本描述了基因和细胞质的关系）。魏斯曼认为，生物体在一生中由于外界环境的影响或器官的用与不用所造成的变化只表现于体质上，而与种质无关，所以后天获得性状不能遗传。这同样否定了拉马克主义。

因为达尔文在遗传理论上出现的错误看法被纠正，所以进化论进入"新达尔文主义"时代。魏斯曼对达尔文的错误抱着宽容的态度，他在向达尔文致敬时说道："这样的一些弯路是难以避免的。"

虽然拉马克的理论在达尔文风潮的冲击下已经日暮西山了，不过仍有一些科学家在积极寻找证据来证实拉马克主义的正确性。他们同样对拉马克的理论进行了改进，称之为"新拉马克主义"。新拉马克主义认为：生物具有强大的可塑性，只要环境改变，生物也随之发生改变以适应新的环境。也就是说，生物的变异不是随机发生的，而是经过环境的诱导，生物沿着固定的方向不断适应产生的，也就是所谓的"定向变异"。

奥地利学者卡梅勒是拉马克理论的狂热支持者，他做了一系列实验来证明获得性是可以遗传的，其中比较著名的是"产婆蟾实验"。水生的蟾蜍，雄的都有一个黑色指垫，交配时用于抓在雌蟾蜍身上免得滑倒，而陆生的产婆蟾则没有这个黑色指垫。卡梅勒强迫产婆蟾在水中生活，繁殖了几代之后绝种了，但是在绝种之前，雄蟾蜍长出了黑色指垫，而且一代比一代更明显。卡姆梅勒声称水生的环境导致了"黑色指垫"这种适应性突变。

为了强化宣传效果，顺便拉点资助，卡梅勒拉着产婆蟾标本周游列国到处演讲宣传，一时间声名鹊起，备受吹捧，甚至被誉为达尔文第二。当时的其他生物学家试图重复这个实验，但全部以失败告终，产婆蟾人工条件下很难饲养，更不用说放在水里养了。

1923 年，卡梅勒到英国过嘴瘾时，遗传学家贝特森要求检查标本，被卡梅勒一口回绝。1926 年，在多方压力下卡梅勒终于允许美国自然历史博物馆爬行类馆长和维也纳大学的一名教授检查产婆蟾标本，结果难以置信，所谓"黑色指垫"居然是用黑墨水涂出来的。

英国《自然》杂志刊文揭露此事一个多月后，卡梅勒开枪自杀。卡梅勒事件成为遗传学上著名的丑闻。此后，"新拉马克主义"一直处于破产的边缘，但百足之虫死而不僵，特别是在法国，不知是否出于对拉马克天然的亲近和尊敬，拉马克主义一直占有一席之地，他们积极吸收生物科学的发展成果来寻找新的证据支持自己的观点。

我们都知道细菌会产生耐药性，以前一颗药片能治好的感冒，现在竟然需要用最新的抗生素连续输几天液。那么，这种耐药性是如何出现的呢？

"新拉马克主义"主义者认为，细菌是在与药物接触的过程中出现了定向的进化，通过自身的应答产生了耐药性基因，然后通过扩散，抗药细菌因而越来越多。

1943 年的彷徨实验则证明：耐药性基因早就通过随机突变的方式出现并被保存在细菌体内。抗生素的使用不过提供了一种淘汰的环境，大量的药物杀掉了没有抗药性的细菌，而为具备抗药性的细菌创造了充裕的生存环境。抗药细菌越来越好，人类的日子却越来越艰难了。

"新拉马克主义"主义者没有死心，他们提出有种病毒的 DNA 可以插入细菌的染色体中，并随着细菌的增殖而遗传给下一代。这种可以遗传的 DNA 所产生的新性状就是获得性。

但只要仔细考察一下，病毒 DNA 的强行插入，并不是细菌对环境所作出的反应，而且这种新性状未必就是适应环境的改变。在这个案例中，细菌并没有产生积极主动性和定向性来。

事实上，很长时间里拉马克主义一直被达尔文主义压得喘不过气来。不过近年来发现，某些细菌似乎可以对自己的基因做出一些操作，从而达到适应环境的目的。这说明什么？这说明细菌并不只会随机应变，在某种程度上它主动地控制了基因的突变，朝着对环境更适应的方向前进。

当然，这些研究成果的意义仍存在着不小的争议，达尔文主义仍然牢牢占据主流地位，但现在看来，双方的争论还远没有终点。

"现代综合进化论"解决争论了吗

1953年，美国科学贝沃森和克里克发现了DNA双螺旋的结构，从此，生物学的研究进入了分子生物学时代。

因为在分子水平上发现生命体的结构和活动规律高度一致，所以生物学家莫诺自信地说："从大肠杆菌得到的真理也会适用于大象。"而这似乎快要揭示生命的本质了，所以"基因"一词顿时风靡全球，风头无二。

1976年，英国分子生物学家道金斯正式发表著作《自私的基因》，该书被翻译成20多种语言，全球销量超过100万册，产生了巨大的影响。在道金斯眼里，进化的过程完全是基因之间的战斗，基因的目的只有一个，那就是不断地、更多地复制自己。而生命的个体则不过是一个基因的临时的、可移动的、安全的场所而已，一旦基因复制任务完成，这个身体就会被扔进历史的垃圾筐里，而基因则在下一代的身体里继续传递。换句话说，身体只不过是基因的奴隶。

病毒也被看成一种自私的基因分子，它们侵入细胞以后，会利用细胞为自己服务，然后大量复制自己。当宿主条件还不错的时候，病毒一般不会发作，它们会舒服地生活在细胞里过天堂般的生活，这就是潜伏期。一旦宿主身体条件发生变化，不能再提供优越的条件，病毒就会设法离开以寻找新的居住地，这就是发作和传染期。所以，感染了乙肝病毒或艾滋病毒的患者，如果要推迟恶性发作期，首先一条就是要保证患者营养跟得上。

明朝的崇祯皇帝在上吊前先杀了几个心爱的妃子，但却设法把儿子托付给他人，好把血脉传下去。这在分子生物学家眼里，则完全不值得唏嘘。家国如云烟，基因万万年，自己的后代，还是金贵啊。

哈佛大学的古尔德教授则对基因选择理论进行了严厉地批评。古尔德认为，像这种把鸡看成是一个鸡蛋制造另一个鸡蛋通道的理论，完全不能让人满意。而且自然不可能直接"看到"基因，它只能选择个体。一个人如果徒有优秀的奔跑基因，但脑部却发育不良，那么这个奔跑的能力还是无法在自然面前表现出来。所以，古尔德得出结论，单独看每个基因的表现没有意义，所有基因必须合作成一个整体才能接受自然选择。

当然，个体之间的比较也存在问题，跨栏的刘翔，打篮球的乔丹，撑杆跳的布勃卡，三位"飞人"哪个算是更有优势呢？同理，内蒙草原上的兔子和河南庄稼地里的兔子又能按什么标准选择呢？如果按照后代数量来比较，睿智的科学家可能还比不过碌碌无为的大众。显然，无论怎么处理，无疑都会漏洞百出。

在大家誓死捍卫各自的真理，甚至不惜从好友变成仇敌而战成一团的时候，还是有人努力地从论战中寻找可能的共同点，搭建和平的桥梁。这绝不是简单的和稀泥，否则肯定会落个两面不讨好。

1942 年，朱利安·赫胥黎在《进化：现代的综合》一书中提出了现代综合进化论的概念。他对遗传学、分类生物学和考古生物学的研究成果进行了梳理，而且流畅的文字也为综合进化论的传播提供了成功的保障。

现代综合进化论的基本观点是：（1）基因突变、染色体畸变和通过杂交实现的基因重组是生物进化的原材料。（2）进化的基本单位是群体而不是个体；进化是由于群体中基因频率发生了重大的变化。（3）自然选择决定进化的方向；生物对环境的适应性是长期自然选择的结果。

这个理论其实没有提出新的观点，而只是综合。不过总算在大的方向上达成相对一致，不同领域的高手们也总算变得客气了一点，遗传学也不再把自己放在和进化论同等重要的位置上了。

当然，综合进化论虽然成功地把自然选择当作所有生物学的共同基础，但并没有也不可能解决所有争论，各种争论仍将继续下去，对于进化论的综合实际上也没有最后完成。

难解的动物间利他行为

动物之间的利他行为让生物学家困惑不已，这似乎表明"道德"也并不是人类的专利。

生活在细菌中的质粒，与细菌产生了共生关系，它们利用细菌提供的分子进行自我复制，同时也为细菌提供了某种程度的保护。当环境不利时，部分质粒会指导它们所在的细菌合成一种毒素，这种毒素会把周围没有含有同类质粒的细胞杀死，而制造毒素的质粒则会悲壮地被自己毒死。这个质粒的行为被认为是通过毁灭自己而让同类的质粒过得更好。

蚂群内有严格的分工。一些工蚁非常奇特，它们的腹部巨大而透明，里面被塞满了食物，纯粹作为仓库而存在。显然这件事情实在没什么好处，连女朋友都找不到。而在蜜蜂界，蜂后的女儿一生都在勤勤恳恳地喂养自己的兄弟姐妹，而自己却不期望任何回报。

高等动物也是如此，鲸鱼会背着行动不便的同伴到处游动，以帮助它们恢复健康；瞪羚羊在发现敌人后，会高高跃起，以此提醒伙伴危险来临；狒狒群里的带头大哥在遇到危险时，会奋不顾身地冲上去与敌人搏命，为自己的同伴争取逃命时间；而有种吸血蝙蝠会很大方地把自己吸到的血吐给快饿晕了的笨蛋，这种行为的高尚程度绝不会因吸血这个字眼而受到半点削弱。

从单细胞生物到与人相近的大猩猩，似乎都懂得帮助别人的道理。这种行为在表面上看起来就是在演绎一场志同道合的经典故事，其间会有忠诚，会有牺牲，以及由此而引发的激动人心的铁血复仇。好莱坞就最擅长利用这种感天动地兄弟般的友情来打动我们冰冷的心。

而在达尔文主义者看来，这是不能被接受的，从自然选择的角度看，生物个体完全应该理直气壮地自私自利。它们为了争夺资源不需要任何理由，更没有理由帮助他人。这些"坏蛋"科学家从自私的角度给出了一份完全不同的答卷。

英国生物学家爱德华兹认为，生物个体的利他行为有利于种群的整体利益。种群生活得好，个体当然也就生活得好了。这是对利他行为最基本的理解。

汉密尔顿则认为：利他行为主要出现在亲族之间，亲缘关系越近，利他行为越是明显。因为亲缘关系越近，表明它们体内的相同基因就越多。帮助他人的同时，其实是在间接地帮助自己。这很好解释了蚂蚁和蜜蜂群内的利他现象。

艾克斯罗德提出了著名的"囚徒困境"理论来解释非亲缘个体之间的利他行为。

"囚徒困境"说的是有两个合伙犯罪的坏蛋，已经被警察抓了起来，为了便于审问，警察把他们分别关押在两个地方进行审讯。在这种情形下，两个囚犯都面临着两种选择：一是供出同伙。这个简单，既然供出来了，那就直接定罪好了。谁先背叛谁得利。二是保持沉默。这样做也有好处，因为警察对他们两人都无法定罪，最后就只有全部释放。不过，情况往往不是那么简单，警察也不是笨蛋，他们会设法拿出一点诱惑，让其中一人背叛另一人。因为根据第一条，首先认罪的可以被无条件释放，甚至可以得到一笔奖赏。罪犯们当然也都希望能够早日回到家乡，在自家里住着总比在监狱里要舒服一点。而被供出来的那个笨蛋就惨了，肯定会被加重处罚。

既然敢出来犯罪，总得有点脑子。这两个囚徒的头脑也转得飞快，他们到底应该保密还是背叛呢？理论上来看，按照第二条办，保持沉默是最好的选择。似乎这样一来，你好我也好，大家好才是真的好。

可是，当一个坏蛋在沉默无言的时候，他的头脑并没有停止运转，他不得不盘算他的朋友会不会把自己供出来，然后带着一笔奖赏回家过快活日子呢？与其让他这样搞我，不如我先搞他了。如果两人都这么盘算，就会出现最差的结局，两个人都会背叛对方，并因此而双双被重判，没有一人从中获利，除警察以外。

不过，毕竟大家在一起打天下这么多年了，起码的信任还是有的，他不相信朋友会在关键时刻出卖自己。可惜的是，刚刚有了一点自我安慰，他又在想，那个朋友会不会担心我会先做叛徒呢？如果他不放心我，岂不是也还会先下手为强吗？这样盘算来盘算去的，最后这个家伙得出了一个结论，最保险的方法还是背叛朋友，把一切告诉警察再说。因为，如果他的朋友选择沉默，那么，自己完全可以得到一笔奖赏先回家过好日子。而万一那个朋友跟自己想的一样，也向警察告密了，那么自己更不能选择沉默，那样只会得到最重的惩罚。

就这样，两个聪明的笨蛋最终做出了同样的选择，背叛对方。他们本都想得到最大的利益，但却携手收获了很惨的结果。他们共同怀着内疚之情，被扔到监狱里去玩躲猫猫游戏去了。

如果是一锤子买卖，只玩一个回合，那么，做个叛徒是首选技巧。可是一旦玩的次数多了，个人对对手的了解也多了，应对技巧就会有所不同。当你面对一个坚贞不屈的好同志，在此前的游戏中从没有背叛记录，那么，为了获得最大利益，你也可能会对他忠诚一把，这样双方获利，皆大欢喜。但如果对方是一个软骨小人，遇见谁背叛谁，那好，哥们儿们同归于尽吧。

经过反复PK，生存下来的总是这个策略：一是我是个好人，愿意和平发展，这是善意。二是如果对手犯过错误害过别人，我可以原谅，只要他跟我合作就行，这是宽容。三是如果对手不可理喻，悍然加害于我，那我也会害他，这是强硬。四是我的原则很简单，大家都知道，这是透明。

明白了这一原则以后，再来看现实生活中的人与人的关系或者团体与团体的关系，大致也不过如此而已。在现实生活中，伪君子和叛徒是被人们视为最为不齿的一类人，这是有着深刻的生物学基础的。

上面几种理论有时可以混合使用，以便更好地进行解释。比如在吸血蝙蝠吐血喂食其他蝙蝠的例子中，当一只蝙蝠吐血给自己的亲戚时，吐出的血量就比较多，而给一个素不相识的蝙蝠，血量就少了些。而且，它们是严格按照"囚徒困境"玩法出牌的。你给我的血多，我下次给你的也多，你不给我，我也不给你。在这种情境下，要小聪明的蝙蝠虽然可能会一时得逞，但最终将面临着悲惨的被饿死的结局，那时大家都不喂它了。

至于瞪羚羊的行为，在达尔文主义者眼里，它分明是在用自己高高的跳跃向狮子证明：你看我跳得多高！拜托你还是不要费力来追我了，你不如去追那些跳得不高的伙伴吧。而且已经有人观察到，有的狒狒老大看到危险根本就是不发一声，抢先就跑。难道这厮读过《孙子兵法》，打得过就打，打不过就跑？

大家不必为无处不在的自私目的而绝望。威尔逊认为，基因虽然在试图控制人类的文化，但人类是唯一可以依靠自身的力量摆脱基因的控制的物种，我们之所以成为"人"，可能正是因为我们在不断拥有这种能力。

社会达尔文主义和"盖亚"理论

希特勒不但演讲极具煽动性，而且诗歌散文写得都不错，更懂得一些自然知识。在抨击希特勒犯下的罪行时，有些人也曾注意到，他的一言一行都有着坚实的心理基础。他曾面无表情地对追随者们表达其对自然选择的认识：上天造丰饶万物赐给人类，但他们必须自己不断努力进取，上天并没有将食物放进他们手里。一切都非常公正、非常正确，因为正是生存竞争导致适者生存。

把生存竞争和自然选择运用到人类身上，这就产生了"社会达尔文主义"。把进化理论应用于社会现象时，得出的结论是极度无情的。

社会达尔文主义者认为，生存竞争所造成的自然淘汰虽然是悲剧性的事件，但却在人类的进化和发展过程中发挥着重要的作用；优秀种群在这场竞争中必将占据主导地位，在竞争中失败的种群也应听任自然的力量将他们无情地扫进历史的垃圾堆中。整个人类将在这种无情的清扫中保持健康与活力。

追随"社会达尔文主义"的人很容易变得冷漠无情，

他们对失败者根本不付出任何同情，相信失败正是自然对他作出的惩罚。当政治家们用这些东西来作挡箭牌时，他们就可以心安理得地面对社会上的不平等现象了。诸如"白人至上论""血统论""优选论"等貌似科学的理论，无不以社会生物学为科学后盾，由于不断提及人的"本性"和"决定"之类的字眼，极其具有蛊惑性。

目前，人类已经基本达成共识：庸俗的用人的生物性来解释人的社会性，既不科学也不道德。虽然人类社会里必然存在着差距和竞争，但是科学应该是解放的工具，而不是压迫的工具。科学的研究的目的恰恰应该是使个人的不幸降到最小化，从而不断提高人类的生存质量，将世界变得更美好，使这个地球更和谐。

这个话题到此结束，再回过头谈谈自然科学。根据达尔文的理论，生物的进化是自然选择的结果，那么，反过来生物会不会改变自然呢？

"盖亚理论"从一个新的高度来认识自然和生命的关系：地球上的各种生物体影响生物环境，而环境又反过来影响达尔文的生物进化过程，两者共同进化。

该理论已得到大量实验数据的证实，正在科学界站稳脚跟。这一漂亮的理论产生了一个可怕的结论：作为现今地球上最有创造力，也最有破坏力的生物——人类，我们肆无忌惮地破坏环境，正引起地球和其他生物的强烈报复。近年来接连发生的地震、海啸、火山喷发以及"SARS""禽流感""甲型流感"等疾病大面积流行，似乎正是对这一理论的某种反馈。

恩格斯早就警告过："我们不要过分陶醉于我们对自然界的胜利，对于每一次这样的胜利，自然界都报复了我们。每一次胜利，在第一步都确实取得了我们预期的结果，但是在第二步和第三步却有了完全不同的、出乎意料的影响，常常把第一个结果又取消了。"

我们坚信：人类有权在一种能够过尊严和福利的生活环境中，享有自由、平等和充足的生活条件的基本权利，并且负有保护和改善这一代和将来的世世代代的环境的庄严责任。

前途，必然是光明的！

聊聊心理学的知识

第六章　◎

　　人，总是要追求幸福的。那幸福是什么呢？别说给幸福下一个准确的定义了，悲观主义者甚至否认幸福的存在："人生就是由欲望不满足而痛苦和满足之后无趣这两者所构成。"心理学也是如此难以描述，它流派众多，相互之间差异巨大，而且至今也没有一个成熟的、被公认的理论体系形成。有学者就果断转行，"我发现，(心理学)越研究越没有出路。"当然，心理学毫无疑问应该是一门科学，它理应是可以通过系统的实证的方法来检验的，即便只是一种概率，它的数据也应该是通过样本采集和实验室实验所得，符合客观性、可重复性和可操作性。现在的问题是，各种"伪"心理学大行其道，非常流行，能把人忽悠的不要不要的，不信你看"成功学"常见的腔调：（1）你的问题出在缺乏自信，你比自己想象的要强大，只有想成功，你才能成功，只要去做，就能成功。（2）你的生命由你把握，要找到真正的自我，没有绝对的失败，只有不断的去成功。（3）情商比智商更重要，尽情释放你的情绪，没有人能影响到你，要追求快乐人生……诸如此类的话，看似正确，实则经不起推敲，不过是些心理呓语而已，而且往往包藏祸心，为祸社会。有鉴于此，还是简单介绍一下真正的心理学吧。

情绪

人人都知道情绪是什么，但至今没有明确的公认的定义，所以只能举例说明了。中医学著作《黄帝内经》认为人有7种情绪：喜、怒、忧、思、悲、恐、惊。而西方近代研究认为，有8种基本情绪：喜悦、赞同、害怕、惊讶、悲伤、讨厌、愤怒和期盼，其他情绪则是这些基本情绪的程度不同的表达或相互之间的复合，比如，忧虑是低水平的悲伤，而仇视则是讨厌和愤怒的复合。

情绪虽然属于内在的心理，但在情绪发生时，又总是伴随着诸如面部的"眉开眼笑""目瞪口呆""嘴角抽搐""咬牙切齿"，身体的"捧腹大笑""坐立不安""垂头丧气"以及语言上的"语无伦次""声嘶力竭""谈笑风生"等外部表现。这些外部表现传达了人的情绪，方便了相互沟通，是人类过群体生活的有效手段。不过需要注意的是，从青少年时期开始，人类就具备了控制情绪的能力，可以掩盖甚至做出相反的表情来迷惑其他人哦，比如"面无表情""口是心非""笑里藏刀"等成语说的就是这种情形。

在人们眼里，诸如快乐、满足、平和、宁静、振奋等正性情绪都是好的，越多越好；而如痛苦、忧伤、紧张、恐惧和沮丧等负性情绪都是不好的，最好一点都没有。但这其实是个误解，所谓："困于心衡于虑而后作，征于色发于声而后喻。"负面情绪也能为我们提供能力，让我们更谨慎、更自律，甚至更有力量，所以不能脱离具体的情境来判断情绪的好坏。

一般人通常会认为情绪是人类对外部刺激的反应，如《岳阳楼记》中所述："若夫淫雨霏霏，连月不开，阴风怒号，浊浪排空；日星隐曜，山岳潜形；商旅不行，樯倾楫摧；薄暮冥冥，虎啸猿啼。登斯楼也，则有去国怀乡，忧谗畏讥，满目萧然，感极而悲者矣。""至若春和景明，波澜不惊，上下天光，一碧万顷；沙鸥翔集，锦鳞游泳；岸芷汀兰，郁郁青青。而或长烟一空，皓月千里，浮光跃金，静影沉璧，渔歌互答，此乐何极！登斯楼也，则有心旷神怡，宠辱偕忘，把酒临风，其喜洋洋者矣。"而科学家则考虑的更多一些，比如"詹姆斯-朗格"理论就认为，生理变化先于情绪体验，生理变化所引起的内导冲动传到大脑皮层时所引起的感觉就是情绪。举例来说：一个人突然在森林里遇到熊，注意，是身体发抖而引发恐惧，而不是先恐惧后引发发抖哦。而且，我们可以试着让自己嘴角上扬，微微露齿，仅仅做出微笑的动作，持续几秒钟就大概能体会到喜悦的情绪。当然，找到反证也很容易，比如我们很多人都有在梦中被开心、生气或恐惧的情绪唤醒的体验，而这些情绪基本就靠大脑自己产生。还有科学家给斗牛的下丘脑植入电极，当运动员进入斗牛场后，斗牛开始表现出兴奋和做出攻击姿态，此时科学家按下控制按键，斗牛马上停止动作，同时转过头，彻底平静下来。还有科学观察表明，0 到 4 个月的新生儿就可以产生至少种 5 表情（感兴趣、友好、惊讶、不悦、生气）了，甚至先天脑部缺陷乃至无脑的新生儿也能做出撇嘴、皱鼻子、吐泡泡等表达情绪的动作，这就更让人对情绪的来源感到难以捉摸了。目前，对情绪的研究仍在继续。

我们是有能力控制自己的情绪的，这种能力可以用"情商"来衡量。更高的情商能让我们更容易与人相处、更具备领导能力，更容易破解压力和问题，从而获得更大的成功。调控情绪的方法有不少，改变外部条件是一种，改变心理认知是一种，改变体内相关激素含量是一种（例如蛋白质摄入过多的人，体内 5-羟色胺含量较低，易冲动），搁置不管也是一种，甚至按照中医"五行生克"理论处理也是一种，具体不再多言了。不过大家千万不要觉得调控情绪很容易，这是一个需要反复实践，把知识转化为能力的过程。如果你做不到的话，其实也挺正常的。

人们很早就发现情绪变化会引发身体生理功能的微妙变化。在古代的英国，如果受审的人不能吞下用面包和乳酪做成的"试验片"，他就是有罪的。这种做法的理论根据是：撒谎的人会由于恐惧而导致喉部的肌肉收缩，抑制唾液分泌，因而使口腔和舌头极为干燥，造成吞咽东西困难。显然这种做法相当粗糙和简单化，效果极差。随着科技的发展，人们先是增加了脉搏和血压指标，后来增加了肌肉电反应、微体温、肾上腺、消化液、血糖等指标，通过这么多手段和数据支持，目前测谎技术已经具备相当的可信度了。

人格

世上没有两片完全相同的树叶，也没有性格完全相同的人。但为了方便研究，学者们还是从气质、性格、天赋、兴趣、理想、价值观等方面入手，把一些有倾向性的、比较稳定的心理特征作为分类标准对人群进行了分类。

古代学者就开始用"占星术"或"八字命理"对人格进行评价或预测，据说一个人出生时的行星位置或者出生时间里的"五行"结构就决定了这个人的性格和一生的命运。稍稍显得"客观"一点的是"相面术"和"骨相学"，比如托名曾国藩的《冰鉴》中有识人口诀："邪正看眼鼻，聪明看嘴唇，功名看气宇，事业看精神，寿夭看指爪，风波看脚跟，若要问条理，全在语言中。"19世纪美国的奴隶主们则用颅相学论证"黑人天生就是奴隶"，从而掩饰自己的罪恶。这些理论显然都是伪科学，属于无稽之谈，但奇怪的是目前仍有人相信。

古雅典的希波克拉底（西方医学之父）认为，人的体液由血液（心脏产生）、黏液（大脑产生）、黄胆汁（肝脏产生）和黑胆汁（胃脏产生）四种组成。这四种体液在人体内的混合比例是不同的，从而使人具有不同的气质类型：多血质、黏液质、胆汁质和抑郁质。其中胆汁质感情反应强而变化快，多血质感情反应弱而变化快，忧郁质感情反应强而变化慢，黏液质感情反应弱而变化慢。近代（20世纪中叶）的心理学家汉斯·艾森克按照从外向到内向（竖轴），从稳定到不稳定（横轴）两个维度对自己收集的性格特质进行分类，形成了如同表盘似的、递进式的四个人格区间，结果发现居然和古老的体液学说惊人相似，具体分类如下：胆汁质性格：敏感、不安、攻击、兴奋、多变、冲动、乐观、活跃；多血质性格：善交际、开朗、健谈、易共鸣、随和、活泼、无忧无虑、领导力；黏液质性格：镇静、性情平和、可信赖、有节制、平静、深思、谨慎、被动；抑郁质性格：安静、不善交际、缄默、悲观、严肃、刻板、焦虑、忧郁。不过，这种分类方法还是太过笼统，对一些人群而言准确度也并不能让人信服。

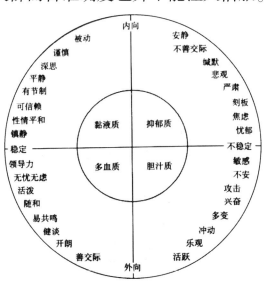

目前，在评测人格方面，应用最多的还是英国心理学家卡特尔的性格特质因素分析法。在早期的研究中，卡特尔将 172 种性格特质归纳为 62 种，后来减为 35 种，最终又减为 16 种。卡特尔自豪地认为："这足以涵盖目前在心理学著作中记载的所有个体性格差异，没有留下任何遗漏。"卡特尔列出的 16 种特质，每种特质都有两个极端，中间有 10 种不同程度的计量（模糊性的评估，不要求也不可能做到绝对准确），由此勾画出受测者的性格轮廓，并依此进行一些推断。这 16 种特质分类分别为：A：从孤独到开放；B：从智商不高到智商较高；C：从受感情左右到情绪稳定；E：从易屈服到控制力强；F：从严肃到轻松自如；G：从图方便到考虑周到；H：从胆小到喜欢冒险；

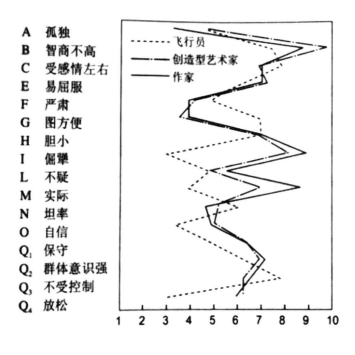

I：从倔强到敏感；L：从不疑到多疑；M：从实际到有想象力；N：从坦率到精明；Q：从自信到忧虑；Q1：从保守到喜实验；Q2：从群体意识强到自足；Q3：从不受控制到自制力；Q4：从放松到紧张。需要强调的是：（1）人格是可以改变的，绝不能把人贴上各种标签而机械化对待，这是严重错误和违背科学的。（2）人格类型并无优劣，其各自有各自适合的工作岗位，不是有句调侃：乐观的人发明潜水艇，悲观的人发明救生圈嘛，都挺好的。

　　这里说点题外话，有必要列举几种犯罪心理（非完全与人格有关，还涉及心理发展、心理动机等内容），大家注意及早发现并提前做好应对：一是极端自私与利己。二是精神极度空虚，寻求强烈刺激。三是抑制不住自己欲望。四是精神受到的压迫超过承受限度。五是思维偏执，不接受不同意见。特别说一下"无良症"，这是我所知道的最为隐蔽、最为难以置信的事实了，如果不是现代科学发展出脑电图和脑部显影技术，我们将对此一无所知。研究表明：正常人对诸如爱、痛苦、荣誉、责任、快乐等感情型词语的脑电活动要比对物品、数字、方位、时间等非感情型词语更快、更强烈，而"无良症"患者对上述两类词语的脑电活动则几乎不存在差别。在"单光子计算机断层成像"（一种脑部显影技术）测试中，"无良症"患者在面对感情型词语时，要比正常人向大脑颞叶输送更多的血液，如同在进行复杂的计算。是的，"无良症"患者没有办法体验真正的情感，他们在本质上是冷酷无情的。无论做了什么，他们的内心都毫无波澜，既不高兴也不愧疚，即便显露出什么表情，那也不过是精心计算的结果，他们在毫无感情地和你做控制与被控制的游戏。识别"无良症"患者相当困难，以下几点希望对你有所帮助：（1）要承认有些人就是没有良心。（2）不要盲目相信和服从权威。（3）要更多地了解一个人的过去。（4）提防拍你马屁的人。（5）不要出于同情而替人掩盖罪行。（6）敢于把事实公布于众，要相信绝大多数人是有良心的。（7）不要害怕对别人不敬，要抱着团结的心态善意批评。（8）不要和装可怜的人发生纠缠。（9）认真对待自己的直觉。

感知

感知分为感觉和知觉，其中感觉是知觉的基础，也是我们认识世界的开端，所以先说说感觉。

我们经常能看到向日葵会随着太阳转动，含羞草被触碰后则会"害羞"地低下头。而通过显微镜的观察，我们还会发现，单细胞动物如草履虫和变形虫能朝向食物运动，同时能趋向有利刺激和避开有害刺激。尽管上述生物体对外界刺激能做出反应，但这种反应水平很低，而且只和生物体的基本生活机能产生关系，因此这种感应是一种生理反应而不是心理活动。

由单细胞动物发展到多细胞动物，是动物进化史上的一个飞跃。从多细胞动物开始，动物身体内开始有了接受特定影响的特殊细胞。目前已知的是从腔肠类动物如水螅、水母体内开始出现神经细胞，并形成了网状神经系统。腔肠类动物是以泛化（碰一下任何部位，全身都作出反应）的方式对外界刺激发生反应，这种感觉形式非常低级。扁形动物如涡虫、绦虫体内开始出现了索状神经系统和中枢神经节，可以对受刺激部位作出定向的反应。环节动物如蚯蚓身体里有了更多的索状神经，并开始形成脑神经节，这使得蚯蚓能够达到形成条件反射的条件。例如在蚯蚓走"T型"迷宫实验中，给予它近200次电击后，蚯蚓开始学会朝固定的通道方向爬行，而且这种行为可以持续半个月左右。这表明从环节动物开始，动物已经开始能分辨外界信号的意义，是具有心理学意义的感觉正式形成的标志。

随着生物的进化，神经系统和大脑进一步发展，高等动物能够对外部事物作出复杂的、综合性的心理活动，这已经达到了知觉阶段。

低等脊椎动物像鱼类，开始拥有了味感、嗅感、触感、听感、视感以及温度感等能力，其在捕猎食物时已经能把被捕猎者的各种属性综合起来然后开展相应行动，但其脑部体积小，而且没有形成皮质，记忆能力和学习能力很差，其行为基本可以归属于本能。两栖类动物的大脑开始分成两半球，并且出现了脑皮质，但还没有形成大脑皮层。而爬行类动物的大脑进一步发展，大脑中出现了大脑皮层，已经初步具有较为高级的分析综合能力，可以做出一连串复杂的动作，而这可能已经属于意识范畴了。

在生物学家一门心思地研究生物行为之外，还有些说不清什么学科的科学家则在研究人类行为。19世纪时期的机械主义哲学家试图否认心灵存在时，德国的费希纳教授突然想到，如果能推导出外界刺激与主观感觉之间的数学关系，岂不可以说明"灵与肉"的统一嘛。费希纳教授做了大量的测试，并推导出"S = KlogR"的费希纳公式。不谈本意如何和公式是否正确，费希纳教授实际上开创了一条用物理方法研究心理学的道路。有人对此评价说："尽管（费希纳）攻击的是物质主义的铜墙铁壁，但也因测量出感觉而备受赞美。"从此，客观心理学一骑绝尘，牢牢占稳心理学研究的主流地位。

意识

意识是个很玄妙的东西，在探索意识是如何运作的过程中，既有像弗洛伊德这样完全靠精神分析来研究人类行为的"心理学"学者，也有像巴甫洛夫这样完全把人类的行为定义为"只不过是一长串的条件反射"的"神经学"学者。显然双方各自走了一条截然相反的道路，但在诸如克服心理障碍、治疗精神疾病等实用方面，应该承认各有成功之处，目前两者仍然难分胜负。不过整体而言，自从大脑扫描技术诞生以后，几乎所有心理学家都把研究重心放在"脑科学"上面，而且成绩斐然。

我们人类的大脑大致可分为爬行脑、情绪脑、理智脑三部分。其中爬行脑由四个部分组成，第一个是延髓：负责心跳、呼吸、血压等这些机械性重复的、一刻都不能够停下的工作。第二个是脑桥：它的功能目前尚不完全清楚，参与很多生理活动（也能独立完成一些反射），比如呼吸调节、肌肉调节、内分泌调节、体温调节、心跳调节等。第三个是中脑：是视觉和听觉的反射中枢，也有体温控制功能。第四个是小脑：主要用于保持平衡，手脚协调和正常行走等。爬行脑维持身体基础功能，无须大脑参与（也控制不了），大大降低了大脑负担。

情绪脑包括主要由丘脑、海马体、杏仁体组成，其中丘脑在脑的最中央，它主要收集各种感觉信息（嗅觉可以绕开丘脑），然后转化为电信号进行传输。这里分为两条路径：一条传入大脑皮层进行分析和理解；一条传入海马体和杏仁体。因为海马体有长期记忆功能，是人体的记忆库，海马体很快将感觉信息与记忆进行比对，并将这几项假定传送给杏仁体，如果结论让人不安，杏仁体便会发出警讯。如果大脑皮层经分析推理后传出的信息不能抑制杏仁体的警戒状态，杏仁体发出的信号将形成紧张、担心、恐惧、冲动等所谓"负面"情绪，并影响表情、呼吸、血压、肌肉等系列生理机能，而这些其实可以帮助人们趋利避害，是保护自己免受伤害的有利反应。

理性脑（也叫大脑皮层）是人类大脑的最重要部位，占比高达三分之二，所谓推理、谋略、决策等高端思维主要发生在这里，它也是人类成长时间最长、受基因影响最小的器官。大脑皮层分为四叶，分别为额叶、顶叶、颞叶和枕叶。额叶负责高级思维，顶叶可以处理触觉信号，枕叶处理触觉信号，颞叶负责短期记忆。但研究又表明，理性脑每个部分之间都存在着大量的重叠功能，实际上并没有严格的部位功能区分。曾经有人非常不幸地被摘掉了半边大脑，很可怕对吧。但事实证明，影响竟然十分轻微。这并不是说人类有一半的大脑根本没用，而是剩下的那一半大脑接管了缺失的功能，可以说大脑是"活件"，它具有惊人的适应和调整能力。

大脑的基本单位是神经细胞，被称为"神经元"。婴儿出生时的神经元是相互独立的、未连接的。随着大脑细胞接收感觉信息，它们异常迅速地连接起来，每一秒就有多达200万个新连接（突触）在婴儿的大脑里形成。在人生的头三年内，连接的数量达到了高峰，大脑将拥有超过100万亿个突触。此后，大脑会通过"修剪"，有选择地淘汰那些无用的突触，而那些不断被重复或者是加强的连接则被保留。到了12岁左右，大脑的突触数量将降低为成年人水平，这个时期的"修剪"过程，将会使大脑出现显著的认知变化，所以青少年时期名副其实是人生的最佳学习阶段。而前文所说的额叶皮质中的神经元连接，差不多要到20岁以后才会发育完全，这也是大多数人的心理成熟年龄。

成年期之后，大脑的神经元连接还会继续改变，我们称其具有可塑性。事实上你所经历的一切，如知识、工作、朋友、爱人、环境，甚至看过的每一本书（包括现在哦）、经历过的每一次谈话、看过的每一次电影等，全都会在神经系统里留下了痕迹，而这些不可磨灭的、微小的印象积累起来，将影响你的神经元的连接和大脑的生理结构，最终造就了你是"谁"。

潜意识

　　潜意识曾经十分神秘，让科学家百思不得其解，甚至被推向"我们人类能力的最高表现形式"而近乎神话。随着现代科学的发展，虽然对潜意识的研究仍然在进行，但其神秘感显然已经大大降低了。本文完全可以归入"意识"范畴，不过为了多介绍一点相关知识，还是另起一个篇来简单说一说吧。

　　有些信息并不需要理性脑进行分析，神经系统直接自行处理，所以大脑要么浑然不知，要么后知后觉。如那些不需要学习、最基础的生理反应（被称为非条件反射），常见的有膝跳反射（小木槌轻叩膝腱）、眨眼反射（虫子碰到眼睑）、缩手反射（火烧到手）等快速反应。另一种则是大脑最初参与，但经过学习和反复刺激，形成神经回路（反射弧）后，大脑皮层就不再参与的反应，比如经典的"望梅止渴"，只有尝过梅子滋味并形成强烈记忆的人才能在听到"梅子"这个词的时候，嘴里不受控制地开始流涎，否则就只有"尝"梅止渴了。当然，也有一些高级活动，似乎难以用"反射"来进行解释，比如"心流"

现象。当一个人进入心流状态时，其大脑对事情可控又似乎不可控，基本受"直觉"牵引，而且处于忘我状态，精神兴奋与充实，其思维（艺术家）或身体（远动员）有如神助，往往能取得远超普通状态的成果。比如有钢琴演奏家就坦言，当自己进入"心流"状态时，根本不用去思考，音乐自然而然地就从手指上流动出来。值得一提的是，普通人也可以进入"心流"状态，要对自己有信心。

我们人类的大脑非常强大，但是想一想每一秒内会有多少光信息进入眼睛、多少声音信息进入耳朵、多少气味信息进入鼻腔吧（还有触觉和味觉信息哦），如果这么海量的信息都需要大脑处理的话，恐怕会让它负担过重而"爆炸"吧。一位恢复视力的盲人如是描述："在睁开双眼的瞬间，光呼啸而来，轰炸着我的眼睛，真是势不可当。"还有，在剧场看歌唱表演的时候，演员开口的动作和发出的声音会同步展现，否则就会被人发现是"假唱"而遭到嘲讽。但请仔细想一想，光信号不是应该比声音信号更快被我们接受吗？"延迟"的声音和画面配合不才应该是最符合科学真相的事实吗？是的，大脑在自己生成现实。在任何时候，大脑只会处理很小一部分信息，而且，只有在收集到足够的信息时，大脑才构建出"发生了什么情况"的"故事"。在物理世界和主观世界之间显然存在一道不可逾越的鸿沟（这可不是唯心主义）。

最近，市场上出现了一种挺有意思的"骨传导"耳机，这种耳机颠覆了通过耳膜传递声音的传统，它把将声音信号转化为不同频率的机械振动，通过人的颅骨向大脑的听觉中枢传递声音信息，据说可以减少干扰，保护耳膜。其实早在18世纪，双耳失聪的作曲家贝多芬就是用牙齿咬着棍子一端，另一端顶在钢琴上，利用骨传导重新听到了美妙的音乐。原理如前文所述，大脑是个"活物"，它可以自己去理解不同信号代表的含义。有科学家征集了一群实验者，给他们戴上了棱镜眼镜，这样他们看到的东西正好与以前的左右翻转。有意思的是，只用了不到两周的时间，所有人都适应了这个"全新"的视觉世界，其行为开始完全不受影响。2016年，天宫二号和神舟十一号载人飞行中，中国的两位航天员完成了一项颇具科幻色彩的实验：人类历史上首次实现了静默的交流。他们这是利用"人机设备"，实现了感官替代。这其实并不神秘，因为大脑处理的全是电信号，它并不在意这个信号是眼、耳还是舌头等感官送过来的，所以完全可以通过脑机接口直接给大脑输送电信号。目前，这可是热门应用技术，大学生们可以报一报脑科学专业的。

　　还有一种看似神奇但实际上很容易理解的东西：肢体语言和微表情。人类进化出语言能力的时间并不长，在没有语言进行交流的群居生活里，人类必然会通过面部表情和肢体动作来进行交流与合作，这些东西深深地融入了我们的记忆深处，形成了各种下意识的表达。对于这些信号，大脑其实是能识别的，不过正是因为随着后来语言的广泛运用，我们对于这些肢体语言所传递的含义已经不敢大胆相信，形成了另一种所谓的"直觉"。由于这种肢体语言对双方而言都是下意识的表达和接受，所以其实它很准确哦。有兴趣的话，大家可以找些相关的书籍去了解一下。试想一下，在和女朋友约会的时候，知识渊博的你发现她的肢体语言表示她对你其实并不感兴趣，怎么办？哈，放弃你就傻了，继续培养感情呗。

对潜意识的研究还在继续，比如对"顿悟""灵感""预感"等现象至今尚没有一个让人信服的解释。但需要叮嘱大家的是，理性脑毕竟是大脑进化的高级阶段，显意识还是能够控制和影响潜意识的，我们还是需要用"正能量"来改造我们的主观世界，这样才是一个真正明智的决定。

人本主义

引用当年明月在《明朝那些事儿》里的一段话：自古以来，有这样一群僧人，他们遵守戒律，不吃肉，不喝酒，整日诵经念佛。有这样一群习武者，经过多年磨炼，武艺已十分高强，但他们却更为努力地练习，坚持不辍。有这样一群读书人，他们有的已经学富五车，甚至功成名就，却依然日夜苦读，不论寒暑。他们并不是精神错乱、平白无故给自己找麻烦的白痴，如此苦心苦行，只是为了寻找一样东西，传说这个世界上存在着一种神奇的东西，它无影无形，却又无处不在，轻若无物，却又重如泰山，如果能够获知这一样东西，就能够了解这个世界上的所有的奥秘，看透所有伪装，通晓所有知识，天下万物皆可归于掌握！这并不是传说，而是客观存在的事实，这样的东西叫做"道"。激动吧，神往吧！这里要感谢开创人本主义心理学的马斯洛教授，他似乎为我们揭开了一个千年的谜团的秘密。

马斯洛出生于美国纽约市布鲁克林区的一个犹太家庭，其父亲酗酒，经常无缘无故地殴打孩子，母亲性格冷漠，曾经当面打死过马斯洛带回家的两只小猫。为了寻求安慰，他把图书馆当成避难所。当马斯洛回忆童年时，说道："我（童年）十分孤独不幸，我是在图书馆的书籍中长大的，几乎没有任何朋友。"上大学后的马斯洛刚开始学的是法律专业，但他不久发现自己对此兴趣不大，后转而学习心理学里的"行为心理学"，并于1934年获得心理学哲学博士学位。此时，马洛斯还在研究灵长类动物的学习行为，他的博士论文题目是《支配驱力在类人猿灵长目动物社会行为中的决定作用》。不过当成立家庭并有了孩子后，马斯洛彻底放弃了行为心理学，他写道："我们的第一个婴孩改变了我的心理学生涯，他使我从前为之如痴如醉的行为主义显得十分愚蠢，我对这种学说再也无法忍受。它不是能成立的。"

经过大量的研究，马斯洛教授把人类的需求按照从低到高的金字塔形状分为5层：最基础的是生理需要，第二级是安全需要，第三级是归属和爱的需要，更高级的是尊重的需要，而最高级的是自我实现的需要。马斯洛认为，人类的需要具有层次性，只有低级需要基本满足后才会出现高一级的需要；只有所有的需要相继满足后，才会出现自我实现的需要（颜回）。马斯洛还认为，已经满足了的需要，就不再是行为的积极推动力量。

马斯洛通过对历史上大量顶级人物的研究（他们被公认达到了自我实现的层次，是金字塔尖上的人物）后发现，这些人都经历过一种"超越时空、超越自我的满足与

完美体验"，这是一种"豁达的、极乐的体验"，是一种
"人性的快感和类似神明的感受"，这种体验仿佛与宇宙融
合了，是人自我肯定的时刻，是超越自我的、忘我的、无
我的状态，这种体验被马斯洛称为"高峰体验"。为了说
明这种状态，马斯洛从不同角度进行了描述。（1）处于高
峰体验中的人其他任何时候更加整合的自我感觉，不再有
自我矛盾的痛苦。（2）他能够与世界、与以前非我的东西
融和，比如艺术家与作品融合、个人与群体与环境的融
合。（3）处于高峰体验中的人通常感到正处于自身力量的
顶峰，"犹如一条一泻千里直奔大海的河流"。（4）处于
高峰体验中的人比其他任何时候更富有责任心，更富有主
动精神和创造力，"他感到自己就是自身的主宰，自己就
是自己命运的主人，他既感到重任在肩、责无旁贷，又感
到信心百倍、无坚不摧"。（5）他在行动上更具有自由性、
纯真性，具有兴之所至，斐然天成的特色，相当的新颖独
特、绝不平庸。（6）他的表达更加自然、简单、诚恳、不
做作，优美的感情和优雅的风度浑然一体，有一种特殊的
淳朴。马斯洛统计后认为，大概有百分之四左右的人可能
会体验到这种"高峰体验"。但是就有科学家设计出"上
帝头盔"，普通人只要带上这种头盔，通过电磁刺激大脑，
居然也产生了各种特殊体验。这让马斯洛尴尬不已，他修
正了自己的学说，提出了"高原体验"的概念，认为真正
自我实现的人应该保持一种长久的深刻的宁静和全神贯
注，这必须通过有意识的勤奋的努力来达到，而且历史上

的贤人已经反复教导过我们：神圣寓于平凡。如果刻意寻求特异的感觉，会使人陷入一种卑劣、龌龊、丧失同情心甚至是疯狂的状态中，这显然是进入歧途了。

　　这里介绍下中国传统的修养功夫，这些修养方法（抱歉，对其他国家的文化如瑜伽、催眠、巫术等不太了解，所以就单举中国的例子了）和马洛斯的发现相结合的话，似乎很有趣，但我这里没有定论，大家自己理解。先说儒家。亚圣孟子自夸过"吾善养吾浩然之气"，其认为：受夜半清明与平旦之气的清朗触发，尔时人心无所牵绊，思虑俱泯，此时静坐静思可以产生良知善念，这就是"集夜气"的修养方法。孟子甚至认为，"夜气不足以存，则其违禽兽不远矣。"可见这种修养方法的重要性。北宋理学家程颐从儒家经典《礼记》中的"大学"篇"欲诚其意者，先致其知；致知在格物。物格而后知至，知至而后意诚，意诚而后心正，心正而后身修"入手，提出"格物"（长时间集中注意力于一点以求"顿悟"）的修养功夫。后来，"心学"王阳明其实走的也是这条路，不过他是把"心"当成"物"来格罢了。曾有超级粉丝要送一处庄园给王阳明，但被婉拒，后来王带着弟子们外出游玩时被某处风景打动而有流连之意，某弟子指出："这就是那个粉丝要送你的庄园。"王阳明立即坐下沉默不语，过一会儿才长出一口气："刚才着了贪恋，现在已经格去了。"佛家有"六渡"的办法来提升修养，从而到达解脱的"彼岸"，分别是布施、持戒、忍辱、精进、禅定、智慧。其中前四项是"行"，最后一项是"知"，第五项则被认为是承前启后的关键。关于"禅宗"有很多故事，这里不再赘述。道家的《道德经》直接就写："道之为物，惟恍惟惚。惚兮恍兮，其中有象；恍兮惚兮，其中有物。"道士们会通过长时间打坐来进入这种状态，以求"悟道"。

唉，我知道有的读者看到这里一定会激动的，还是泼泼冷水冷静吧。目前"高峰体验"的原理和具体实现方法仍然是个谜，而且从现有的统计数字来看，这种体验是绝大部分人注定终生无法感受到的，所以如果发现有人开设什么"高峰体验培训班"，千万别信，那一定验人的勾当，而且作者年轻时候赶上"气功热"，亲眼见到过身边有同学因为练习气功变得精神异常，最后只能退学处理的，实在可悲可怜。作者觉得比较可靠的还是《孟子·公孙丑章句上》中的记载，孟子说，①"将其志，无暴其气"。翻译过来就是首先要树立一种高尚的志向（立志为大众和社会服务就很好嘛），但不要据此而暴躁地乱发脾气。②"以直养而无害""配义与道"。就是要在具体事情上磨炼自己的品行和意志，以而更加坚定自己的志向。③"是集义所生者，非义袭而取之也"。要把这种志向变得像内心自然而然产生的一样，不能把它看成是别人要求自己做的。④"助之长者，揠苗者也。非徒无益，而又害之"。注意哦，这就是成语"拔苗助长"的出处，它说的就是修养的错误方法，切记，切记，一定要顺其自然，不可勉强。

群体心理

法国作家勒庞的《乌合之众》是研究群体心理学的开山之作，这本书中有一个观点：当一群人聚在一起的时候，群体表现出的智力和道德水平只会是最低劣个体那个水平。这是因为个体加入群体之后，群体认同感上升为最高需求，但恰恰只有在最低水平这个档次，大家才能形成共识。是的，我有过一次不堪的经历，可以证明上述观点是正确的：正是最懒惰和最贪吃的人决定了群体（包括当时的我）做什么和吃什么（捂脸的表情）。

人群中还容易相互传染情绪。2006年10月，墨西哥首都附近的一所免费寄宿制女子中学两名女生开始出现肌肉萎缩和恶心症状，到后来该校4500名学生中居然有600人相继出现类似症状。该事件在墨西哥国内造成了巨大影响，在国际上也备受关注。事后校长向记者介绍，"我们感到震惊的是，她们甚至都不能走路。医生分析后说她们相互模仿，是心理上的原因"。这其实是群体性癔症发作的现象：先是一个人表现出某种状况，附近其他人因为有过相同的经历（比如呼吸过附近的空气，喝过同一条河里的水，接触过同一个病人，吃过同一个食堂的饭等）由此产生了恐惧紧张心理，并产生了暗示和自我暗示现象，对于生理比较敏感的个体来说，很快就会出现相同症状，这无疑加大了对其他人的心理影响。很快，这种心理传染的影响会越来越强烈，造成出现相似状况的人数急剧上升，以致出现相当离奇的效果，严重的甚至还会引发社会问题。

　　有网友搞出了个"中国十大冷漠城市排行榜"，入围的无一例外的都是大城市，特点就是人员稠密、生活节奏快、经济发达。据说榜首的城市中发生过 30 多个路人围观一名需要帮助的小女孩而无一人出手的事情，这引发了网友热议，批评该城市的居民过于冷漠。其实这种现象用群体心理学的观点很好解释，这分明就是一个"责任分散"的典型案例嘛。当需要一个人或者少数人面对责任时，他（们）的内心道德负担比较重，基本很容易就会承担责任。但如果很多人面对责任时，就产生了"责任分担"效应，每个人需要负担的道德代价就会很少甚至没有，产生一种"不需要我做，别人肯定会去做的"的心理，从而造成集体冷漠的局面，而这其实与城市无关。

　　有组织的群体则与上面的松散群体截然不同，这个群体通常表现出它的领导人所具备的特质。拿破仑说过："一头狮子领导的一群羊能打败一头羊领导的一群狮子。"中国也有俗语："兵熊熊一个、将熊熊一窝。"由此可见，中外道理是相同的：在群体中，领导人的领导力相当重要。

　　好了，尽管有点意犹未尽，但这里真的要全篇大收尾了。社会心理学的研究难度是高于个体心理学的，这方面的研究成果不多，我暂时也没有更多的东西可写。最后送给大家一个管理学公式：执行力＝领导力+组织力+保障力。这里面的保障力是我加上去的，不多解释，见谅。

几篇历史小品

第七章 ◎

闲暇所作几篇小随笔，写的很随意，甚少打磨，而且与本书书意不大合拍，勉强算是历史故事，姑且看之吧。

读《论语》 品人生

　　《论语》是一部经典。封建社会里大臣如果借孔子的话来触皇帝的"逆鳞",即使皇帝心中不悦,也不好当场翻脸,只能老实听训。

　　读《论语》都会有感悟。有人读出了宁静,有人读出了宽容,有人读出了含蓄,有人读出了豪迈。

　　我读《论语》却读出了无奈,读出了感伤。《论语·述而》中孔子说过,如果薪水可以,就是给人家当司机,做个"执鞭之士"也不错。《论语·述而》中孔子又说:"不义而富且贵,于我如浮云",吃粗粮,喝白水,弯着胳膊当枕头,我也很快乐。话虽如此,但还是能品出些淡淡的无奈和感伤。

　　孔子对弟子颜回是很满意的。颜回勤于学习,而且肯独立思考,能做到闻一知十,融会贯通。所以,孔子对他大加赞扬:"贤哉,回也!"但颜回"居陋巷",吃的喝的不过"一箪食,一瓢饮"。他的另一个弟子子路不高兴,君子还会穷吗?孔子讪讪地说:"出了苗而不开花的情况是有的!开了花而不结果的情况也是有的!"顺便又安慰了下子路："君子固穷，小人穷斯滥矣。"

孔子"学道则爱人"，主张用道德和礼仪来治理国家。为了自己的理想，孔子"知其不可为而为之"，到处游说统治者要取信于民、爱护人民。他还鼓励学生去为官从政，"不仕无义"，"当仁，不让于师"。甚至为了推行仁义，自己"降志辱身"也"无可无不可"。但在《论语》中，我没有看到民众提老携幼、箪食壶浆的欢迎，也没有看到民众依依不舍、洒泪挥别的欢送，更没有看到"振臂一呼，应者云集"的荣耀场面。我看到一个心济天下，但处处碰壁，被人"敬而远之"的人；我看到一个衣着褴褛、满面灰色，被人称为"丧家之犬"还欣然微笑"是啊、是啊"的人；我看到一个遭人恶意中伤，被逼在自己亲密的弟子们面前发誓"天厌之、天厌之"的人；我看到一个孤独、失意的老者，在给追随的弟子们鼓劲"德不孤、必有邻""人其舍诸"。

人生不如意十之八九，大抵算是常理吧，圣人也不外如是。孔子说："不埋怨天，不责备人，学了些平凡的知识，从中领悟了高深的道理。了解我的，大概只有天吧！"

我还很喜欢《论语·述而》中的"君子务本，本生而道立"。大意是说，君子重视修养内涵，内涵圆满了，外延的事情就顺理成章了。我喜欢这句话，是因为它让我对这纷杂的世界突然有了把握。大与小、上与下、远与近、刚与柔、得与失突然不再矛盾对立，而是彼此交融、和谐共存。世界就这么开始生动、有序、有趣起来。

最后，讲一个很小的故事。

有人奚落孔子说：你这么有本事，"奚不为政"？孔子对曰：我"孝敬父母，友爱兄弟"，这就是从事政治啊，否则，又要怎样才能算是为政呢？

再讲一个很大的故事。

西夏李继迁屡屡兴兵与宋军交战，令宋太宗十分头痛。宋军俘获了继迁老母，准备公开处死老太太以震慑李继迁。吕端认为处置不妥，立即叫停，释放和妥善安置了李母。后来李继迁与吐蕃作战阵亡，其子对宋称臣，宋夏在较长时间内相安无事。太宗后来评价说"端大事不糊涂"。

子曰："以直报怨"（用正直面对怨恨）。微言而大义，信乎？行乎？

冯道

冬去冰须泮，春来草自生。

请君观此理，天道甚分明。

这是一位南阳的老大哥兼带队领导在北京期间和我在宾馆里大谈人性的贪诈和工作的不易时，引用冯道的诗句。他的本意可能只是倒倒苦水、发泄一下闷气，甚至引用的并不太合适。但不管怎样，冯道这个人就此开始进入我的视野。

查了查资料，才知道冯道很不得了，也很了不起。那个时代水瘦山寒、草木凋敝，堪称黯淡。皇帝、英雄、谋士、权臣……走马灯似的匆匆登场，但根本来不及表演就又被匆匆赶下场，让人眼花缭乱、茫然无措。那个时代还是一个血腥的时代，杀人只因任性，吃人可绝对不是一个形容词。

是的，这是一个彻彻底底的乱世，乱到历史课本上只有几笔，高考也似乎从来不考。此期大抵经历五朝十帝，平均每朝（含契丹）仅 6 余年，每帝仅 3 余年。冯道却基本上每朝都受重用，官越做越大，爵越封越高，江湖人送外号"官场不倒翁"。

公元 947 年，辽军入侵中原，那个时候契丹族还没有开化，军队自然没有什么约束，到处大肆杀戮和抢劫，所过之处几乎"无遗"。在这种恐怖的背景下，冯道从邓州出发（没错，就是我们邓州，当时冯道在邓州当节度使）去见辽太宗耶律德光。辽主问他为何入朝，答复倒也直率："无城无兵，怎么敢不来？"辽主又骂他："你算是什么老东西？"冯道答："无才无德，痴顽老子。"辽主听后感到很有意思，也知道冯道的来意，就正儿八经问他："天下百姓如何救得？"冯道说："现在就是佛也救不了，只有你皇帝救得。"辽太宗耶律德光听后哈哈大笑，就开始约束军队，不再大开杀戮。后欧阳修写《五代史》记载："时人皆以谓契丹不夷灭中国之人者，赖道一言之善也。"

从长兴三年（932）开始，冯道开始动用政府力量印刷 9 本儒家经典（以前都刻在石头上）。由于这次刻书事业由官方主持，故史称"监本九经"。这项工程总共用了20 多年时间，中间换了几个朝代，其中还有三个皇帝是沙陀族，最终能够圆满完工，简直是个奇迹。因为使用的是印刷术，可以以很低的成本快速地向社会大量提供书籍，而且线装书便于携带，使得读书的门槛大大降低，元朝王祯称"因是天下书籍遂广"。这绝对是影响深远的一件大事，中华文化浩浩汤汤，历经沧桑仍绵延不绝，冯道是有大功的。

"但教方寸无诸恶，狼虎丛中也立身。"冯道闻达于乱世，除了不贪不色，修养功夫练得炉火纯青，让对手捏不住把柄外，自有安身立命的一套本领。有兴趣的人可以读读他的《荣枯鉴》，如果看后脑洞大开，对人生自信满满，那很遗憾，你极有可能没看懂。如果看后能撂在一边，心中不留印痕，那你至少是个贵人。后世有个叫曾国藩的，初涉官场，到处碰壁，百事无成。一日无意中就翻开了《荣枯鉴》，据其形容看后"大汗淋淋、倍感惊悚"，就此提高了思想，深化了认识，端正了态度，转变了作风，后来居然混的还不错。但请大家注意，曾国藩可没有拿这本书去教育自己的后代，这恐怕才是明白人。

毕竟冯道侍奉过的皇帝太多，被人指责过于圆滑，缺少"气节"。有人在冯道的住处附近放了一头驴，脑袋上贴了张纸条，写了两个大大的字——冯道。门人看到后，马上向冯道报告。没想到冯道听后很淡然："天下叫冯道的人多了，你怎么知道骂的是我？去去，以后这样的事情不要再来烦我了。"后来晋少帝听说了这件事，就问冯道："那你觉得自己是个什么样的人？"冯道恭敬地回道："我自问下不欺于地，中不欺于人，上不欺于天。但说我好的人，十个里面恐怕都挑不出来一个。"晋少帝安慰他说："那倒不至于，大概有一半吧。"

冯道最后活了73岁，与孔子同寿，这是个巧合。

写这篇文章的时候，我随口问过身边几个朋友，可惜已没有人听说过冯道的名字了。太阳每天都要升起落下，时间每天也从不超过 24 小时，只是红颜不暇一惜，白鬓忽已盈头。白云苍狗间，可记得此飘飘一仙翁否？是以记之。

丙吉

《汉书》第七十四卷（魏相丙吉传）赞曰："高祖开基，萧、曹为冠，孝宣中兴，丙、魏有声。是时，黜陟有序，众职修理，公卿多称其位，海内兴于礼让。"文中的"丙"即是汉宣帝时期的丞相丙吉。这个能和大名鼎鼎的萧何、曹参并称的丙吉到底是个什么样的人呢？

丙吉，字少卿，鲁国（今山东曲阜）人。学习法律，从当地狱史干起，一步一步升至廷尉右监（相当于现在的最高检的检察官）。不奇怪，那个时代里什么造纸术、活字印刷术之类的东西统统都还没出现，读个书容易嘛。所以官场也缺人啊，升得快实在也算正常。

不过挫折嘛，是不会没有嘀。突然某天丙吉就"坐法失官"，归为州从事。具体原因不详，书上没有记载。大概实在不值一提吧，毕竟只是降职或者外调处理。

话说那个"略输文采"的汉武大帝到了晚年，因为多病就开始疑神疑鬼，心态慢慢就发生了扭曲。于是乎在别有用心的人操作下，"巫蛊之祸"就发生了。太子刘据被迫自杀，皇后卫子夫也随之上吊自杀，相当多的人受到了株连，甚至尚在襁褓之中的皇曾孙（连名字都没取）都被关在大牢中等待命运。

此案过于庞大和复杂，京里人手很快就不够用了，丙吉就毫无悬念的又回到了长安城。

尽职的丙吉在检查监狱时发现了这个小皇曾孙。当时的婴儿长期营养不良，又无人照料，已是奄奄一息。善良的丙吉于心不忍，就暗中在牢房中找了还有奶水的女犯人轮流喂养这个婴儿（有一个照护的不好，丙吉还把她给换了）。又找了一间条件相对好些的牢房，经常购买米肉等物品给孩子补充营养。就这样，可怜的孩子在狱中竟然奇迹般地成长了起来。

事情总是一波未平一波又起。后元二年（前87），某个神棍向汉武帝报告长安监狱中有天子气，于是皇上立刻下令："诏狱系者，亡轻重一切皆杀之。"其中有个叫郭穰的使者连夜到丙吉所在的郡邸狱传达命令，丙吉坚决不开狱门："皇曾孙在。他人亡辜死者犹不可，况亲曾孙乎！"郭穰气呼呼地等到了天亮也没进去，回去就向武帝打报告，弹劾丙吉。没想到汉武帝此时居然开始清醒过来，还有了些感慨："天使之也。"不但收回了命令，还大赦天下。

好了，这个生下来就犯罪的孩子终于可以走出监狱的高墙了。丙吉为了给孩子一个好的成长环境，曾试着请高官贵族收养这个孩子，但当时的高官显贵们一知道孩子的来历，都避之不及，没有人愿意收养。没有办法，丙吉只好继续照顾着小皇曾孙。他终于打听到孩子的舅曾祖母和舅祖父一家人住在长安近郊的杜县。丙吉便把孩子送到杜县史家。史老太太见到这个曾外孙，惊喜交加，接过了抚养大任。史家给孩子取名刘病已，意思是病已经全好了，以后再也不会得病了。只有 5 岁的孩子当时还没有记忆，在新的、舒适的环境中，对之前的监狱生活逐渐淡忘了。他对长安监狱中的高墙、两位慈祥的奶妈和那和蔼的丙吉的印象越来越模糊。为了孩子考虑，史家也刻意不提监狱的事情。所有的一切都已尘埃落定，往事变成了过眼云烟。

丙吉回到长安，继续去做他的官，后转任了车骑将军军市令，再后来升迁为大将军霍光的长史。

元平元年（前74）四月，汉武帝的儿子、汉昭帝刘弗陵驾崩，没有留下子嗣。大将军霍光统揽大权，先是把昌邑王刘贺立为新皇帝，而后很快又废黜了他。丙吉此刻向霍光书面推举了刘病已，霍光看了以后觉得丙吉的建议可行，就迎立刘病已登皇帝位（即汉宣帝）。

汉宣帝并不知道丙吉在幕后对自己的两次大恩。在他心目中，丙吉只算有推举的功劳，依照惯例封其为"关内侯"（关内侯不是正规确切的侯爵，而只是表明受封者的侯爵资格）。朝廷中的官员也都不知道丙吉与新皇帝的关系。丙吉自己对过去的事也只字不提，依然只是做好自己的本份工作。

后来霍光被查办，丙吉按资格当上了尚书，进入内朝参与政策制定。再后来老丞相魏相病故，丙吉又按部就班的当上了丞相。

丙吉在担任丞相期间，事迹实在乏善可陈，平淡的近乎平白、平凡的近乎平庸。史书评价他崇尚宽大，讲求礼让（及居相位，上宽大，好礼让），只记载了他的两件小事。

一是某位下属不称职，丙吉就给这位下属放了长假，没有作为案件处理。后人就说了："公府不案吏，自吉始。"

二是丙吉的车夫一次酒喝多了，把脏东西吐在马车上。一个姓白的官员看到这种情况，准备炒了这个车夫的鱿鱼，让他卷铺盖滚蛋。丙吉却为这个车夫开脱说："他只不过是把我车上的垫褥弄脏而已，没什么大不了的事。把他赶走，叫他到哪里安身立命呢？"别人再无话可说，这件事也就不了了之。

总之，日子就这么一天天过去，史书也没什么别的记载了，岁月平淡到无痕。

还记得前面那个在监狱里被丙吉替换的奶妈吗？也许还要感谢她为故事添了点色彩。这位奶妈后来生活困难，于是就让别人替自己上书请功。她在上书中说自己曾经有保护养育皇帝的功劳，是自己在艰难困苦中抚育了当今的皇上，要求朝廷照顾自己的晚年生活。有关部门对这样的上书自然不敢怠慢，呈送给汉宣帝御览。

汉宣帝看到上书后，大吃一惊。脑海中许多模糊的印象逐渐汇集起来。他隐约回忆起自己的童年似乎还有许多故事被遗忘了，但是已经回忆不起确切的情形了。好奇、感恩的情绪促使他亲自去询问详情，结果让其既震惊又感动。有关童年的点点滴滴全都串联了起来，他脑海中一幕幕感人的景象终于再现出来。丙吉有大恩大功却不言，令皇帝感叹不已，下令封丙吉为博阳侯，邑千三百户。

但这个时候，丙吉已是暮年，恰恰又生大病，长期卧床不起，似乎离死不远了。汉宣帝知道这个消息后，痛哭流涕，拍着桌子大叫："亡德不报！"太子太傅夏侯胜上前劝解："臣闻有阴德者，必飨其乐以及子孙。今吉未获报而疾甚，非其死疾也。"后来丙吉的病果然好了。

这是一段温情的记忆，历史也显得那么有情有义，故事最终有了一个圆满的结局。丙吉因为自己的善举、谦让和高尚的道德，不仅获得了皇帝的尊崇，也赢得了朝野的敬佩。丙吉死后，朝廷追谥他为"定侯"。丙吉的博阳侯是世袭的，丙家子孙都世代继承侯位，直至王莽时绝。

别的也没什么好说的了，美德最终没有被埋没，善良终究得到了报答。只是……难道好人就能干好丞相吗？

其实，还有一个"丙吉问牛"的典故。

丙吉外出考察民情，看到一群人斗殴没过问。看到有人追牛，那牛气喘吁吁，热得吐出舌头，丙吉便急忙派随从把赶牛人叫过来，仔细询问情况。随从的人很奇怪："有人打架你不管，为何过问一头牛？"丙吉答曰："打群架的事应该由地方官员来管，我的职责是考察他们的业绩。牛的事就不同了，现在是早春，天气并不热，牛却大汗淋漓，说明天时节气反常，恐怕于农事不利，不问清楚怎么能行呢？这才是宰相的分内之事。"随从心悦诚服。

透过纷繁复杂的表面现象把握事物的本质和发展的内在规律，抓得住重点、看得了长远，平心静气、谋定而后动，这就是一代中兴名相的气度与风范。

汉宣帝在位期间，社会民生富庶，人民安居乐业，呈现出蓬勃繁荣的局面，史称"宣帝中兴"。魏相、丙吉主持下的政府，重视生产，劝课农桑，兴修水利，民和俗静，家给人足，牛马遍野，余粮委田，出现了天下康宁的升平景象，汉朝达到了鼎盛。

最后，还是请允许我借用一句话为丙吉点个赞吧。

"鸟，我知它能飞；鱼，我知它能游；兽，我知它能走。走者可用网缚之，游者可用钩钓之，飞者可用箭取之。至于龙，合而隐其体，散而成烟霞，我不知其何以！"

两难选择

　　某地村干部分配宅基地，因宅基面积有限，无法做到人人兼顾，引起未分地村民不满。为平息矛盾，该村干部无奈之下毁林腾地，结果被公安机关法办。

　　站在村干部的立场上看：毁林吧，犯法；不毁吧，群众要闹。毁与不毁，似乎难以两全其美。

　　再比如，酒桌上有伙计给你倒上了一大杯酒，喝吧，身体受不了；不喝吧，盛情难却。喝与不喝，该怎么办呢？

　　其实呢，上面的两个情景还构不成"两难选择"。你看，分宅基地和毁林分明是两件事情，并不需要村干部一手包揽的，这家伙分明是因贪图钱财，加上心存侥幸才致身陷囹圄。至于喝酒问题更好解决，在不喝和喝光之间是有一个连续的状态的，完全可以少喝两口，借机溜乎，邓州话"孬酒不算孬"嘛。

　　真正的两难选择是无法逃避的，《孟子·尽心》中孟子的学生桃应就向他的老师提了一个相当刁钻的问题：

　　桃应问道：舜是天子，皋陶是法官，如果舜的父亲瞽瞍杀了人，那该怎么办？

孟子说：把他捉起来罢了。

桃应问：那么，舜不阻止吗？

孟子说：舜哪能去阻止呢？皋陶的权力是有所承受的（夫舜恶得而禁之？夫有所受之也）。

桃应问：那么舜该怎么办？

孟子说：舜把抛弃天下看得如同丢弃破草鞋一样。因此他会偷偷地背着父亲逃跑，沿海边住下来，一辈子高高兴兴，快乐的忘了天下。

这个例子以今天我们的观点来看，是不是有些匪夷所思呢？作为天子的舜一方面必须坚持公理正义，让法官皋陶把杀人的瞽瞍抓起来。但另一方面出于孝的道义，作为儿子又不能眼看父亲出事而坐视不救。面对两难问题，儒家学派的孟子替舜做了选择：为顾亲情而宁肯弃天下。这当然不会是公认的标准答案，比如法家的韩非子就攻击儒家"以文乱法"，而这，似乎就是个很好的例证。

20世纪50年代中期，美国的教育学家科尔·伯格（Lawrence Kohlberg）设计了一系列两难故事来测评被试者道德发展的水平，最典型的是"海因兹偷药"的故事：

海因兹的妻子患了绝症，生命垂危，只有一个药剂师最近发明的一种药能救她。药剂师索价2000元，但海因兹到处筹钱才得到1000元。海因兹请求药剂师便宜一点卖给他，或者允许他赊欠。但药剂师说："不成，我发明此药就是为了赚钱。"海因兹走投无路，竟撬开药店的门，为妻子偷来了药。但最终被警察抓获，站在了审判席上。

讲完这个故事，科尔伯格就会向被测试者提出一系列的问题：这个丈夫应该这样做吗？为什么应该？为什么不应该？法官该不该判他的刑？为什么？等等。

对这些问题既可做肯定回答，又可做否定回答。因为真正重要的不是做出哪一种回答，而是在于其回答时提出的理由。在科尔伯格看来，提出的理由是根据其内心的逻辑结构而来的，所以根据其提出的理由就能确定出受测者的道德判断水平。科尔伯格最后于1969年提出了他的道德判断发展分为三个水平六个阶段的理论。后来该理论有了一些修正，增加了一些"过渡阶段"，但三个水平的划分没有变。具体内容为：一是前习俗水平，又叫功利水平。该水平的特点是：个体还没有内在的道德标准，而是取决于外在的要求。二是习俗水平。该水平的特点是：个体能按照家庭、集体或国家的期望和要求去行事，而不大理会这些行为的直接后果。三是后习俗水平，又叫原则水平。该水平的特点是：个体形成超出世俗的法律与权威要求的道德标准，其行为完全自律。

据科尔伯格观察，能发展到阶段三的人数比例其实并不多。科尔伯格的理论我也不大懂，所以简单写一下，大家了解了解就好。不过，一个能够自律、"慎独"的人确实值得信任，如果能做到"不以物喜、不以己悲"那就更值得尊敬了。

说了古代和外国的两难选择，再说说实际生活中的例子吧。其一就是老妈不会问但老婆会问而困扰了广大男同胞多年的问题：老婆和老妈同时掉在了水里，你先救哪个？

哦，好吧，就算你体力过人，技术娴熟，一回救两个。那再想象一下，你满怀喜悦，焦急地在产房门口来回跺着脚步。突然门开了，医生探出头慌张地问道："快，保大还是保小？快说！"

不要问我，我也不知道怎么办，实在不行就抛硬币解决吧，这是个不是办法的办法，没有解决的解决。反正我是祈求上天一定不要让我遇到这类的问题。

河南及邓州抗战历史资料整理

1931 年 9 月 18 日，日本军队悍然侵华，随后占领东三省。这是个举国为耻的日子，耻在民穷国弱，更耻在"不抵抗"。

一、全国及河南早期抗战概况

1937 年 7 月 7 日至 7 月 30 日，日本在中国驻屯军挑起卢沟桥事件，北平、天津陷落。后日军沿平汉铁路（北京—汉口）缓慢南侵，11 月 5 日安阳陷落。

1937 年 9 月底至 11 月上旬，日军第 5 师团越过长城，经"忻口会战""太原会战"占领山西太原。我们大家熟知的平型关战役就属于太原会战的一部分。

为了牵制北面日军的进攻（更可能是为了吸引日军改变战略方向），1937 年 8 月至 11 月，中国军队采取"先发制敌"的方针，首先围攻驻上海日军，展开淞沪会战。1937 年 11 月 13 日，日军进入南京。

为使南北战场联成一片，日军南北对进，南面日军第 13 师团于 1938 年 1 月下旬从南京出发，向安徽凤阳、蚌埠进攻。北面日军于 1938 年 2 月上旬分两部进犯河南。一部进犯濮阳，先后占领清丰、濮阳、长垣、封丘等县，往新乡以南进攻；另一部日军从安阳出发，2月11日至3月中旬，先后占领汤阴、淇县、汲县、辉县、新乡。两部日军后在新乡会合后向西进犯，焦作、济源先后沦陷。

中国军队在日军进攻方向节节抵抗，并取得了台儿庄大捷等重大胜利，但整体上仍难以改变被动局面，特别是日军发现中国军队在徐州集结后，立即围绕徐州展开运动，企图围歼中国军队主力。5月19日徐州陷落，徐州会战结束。此时，日军意图沿陇海铁路（兰州—连云港）西取郑州，再沿平汉铁路南夺武汉。

1938年5月23日，来自徐州方向的日军第14、第16师团占领了永城县，接着，28日又占领了商丘。从6月1日开始，日军先后占领杞县、通许、尉氏、太康。6月6日，日军占领当时河南省省会开封后，一路向西，侵入中牟，直逼郑州。

为阻止日军前进，蒋介石于6月9日下令在郑州东北花园口附近炸开黄河大堤，河水一路沿颍河在河南境内下泄淮河，另一路沿涡河入安徽流入淮河，最后汇入洞庭湖。因为人为破坏，加上连日暴雨，洪水彻底改道，在豫、苏、皖三省形成一个沼泽区，这就是郁结了无数灾难和巨大痛苦的"黄泛区"。但日军就自此改变战略部署，将进攻方向由自北向南进攻调整为自西向东进攻（此观点有争议，但比较符合事态发展）。1938年8月，日军从长江进逼武汉。10月12日，来自皖西方向的日军攻克信阳固始、光山、罗山、商城等县城，将豫东与皖西连成一片，并与其他日军形成合围武汉之势。10月25日武汉失守，但值得一提的是，武汉会战消灭日军10万以上，抗战从此进入相持阶段。

二、对峙阶段的南阳抗战情况

1939年5月，为配合日军的"随枣作战"，信阳日军5月8日进攻桐柏，中国军队119师阻击日军后，于11日退守桐柏西北及西南阵地。日军骑兵第4旅团于12日攻陷唐河县。中国军队集中兵力向日军反攻，14日收复唐河县，16日光复桐柏，恢复战前态势。

此战总共8日，规模较小，故总体而言，中日双方自武汉会战后，以"新"黄河为界，在河南境内对峙达6年之久。

三、后期河南抗战情况

6年后，日军为了打通从中国东北直到越南的大陆交通线，同时摧毁沿线地区的中美空军基地，以保护本土和东海海上交通安全，在冈村宁次指挥下，发动了打通大陆交通线的作战。这就是著名的豫湘桂战役，其中河南战役首先打响。

1944年4月18日，日军第12军第37师团从"新"黄河东岸中牟段发起攻击；19日，日军第110师团由郑州黄河铁桥南端向邙山头阵地发起攻击。至23日，相继攻陷郑州、新郑、尉氏、新密、长葛，5月1日许昌失守。之后日军分兵两路进行侵略：日军第27师团沿平汉铁路南下，与信阳北上日军于确山会师。平汉线河南段被日军掌握，铁路沿线城市临颍、郾城、漯河、遂平、西平先后失陷。

另一部日军师团欲寻中国军队主力决战，从许昌向西迂回，先后攻占禹县、郏县、襄城、汝州、登封、宝丰、鲁山等县，并于5月7日攻占洛阳南郊龙门高地。作为策应，5月9日，自郑州沿陇海铁路西犯的日军"菊兵团"攻占巩义，11日占领偃师，迫近洛阳城东。5月12日，日军第69师团一部从山西强渡黄河，攻陷渑池；三路日军于14日对洛阳形成包围，守军奋战至25日突围，洛阳失守。6月2日中国军队发起反击，战至中旬，将日军逐至陕县、洛宁、嵩县、鲁山一线，双方对峙，至此河南战役结束。

四、南阳及邓州抗战情况

虽然日军于1944年打通了大陆交通线，但该交通线频频遭受中美空军轰炸，给日军的交通运输带来极大干扰和破坏。而且此时日军空军战机性能相对落后，数量也严重不足，故日军于1945年1月底策划进攻豫西及老河口作战，意图破坏老河口空军基地。

该计划由驻郑州的日军第12军负责战略主攻。第12军原计划以东路的驻马店第115师团、骑兵第4旅团，东北一路的叶县战车第3师团、87旅团，北路的鲁山第110师团，首先集中攻击南阳，然后再向西攻向西峡，向西南攻向老河口。3月22日，战斗全面打响，23日第110师团攻占南召，24日第87旅团攻占方城。但因遭到中国军队的的顽强抵抗，且战略意图暴露，3月26日，第12军司令内山英太郎调整部署：（1）准备进攻南阳的第110师团全部首先向内乡，然后主力向西峡口，一部向淅川突进。（2）第115师团向老河口急进，一部攻向老河口西北约45公里的李官桥附近，以控制汉水上游地区。（3）步兵第87旅团、配属部分战车部队进攻南阳予以协助。

接到命令后，各部日军迅速作出调整，日军第87旅团于3月30日占领了南阳城。

已渡过白河，准备进攻南阳的第115师团26日接到命令后当即安排：（1）第85旅团由陆营、官路岔、白牛镇、邓州、唐坡、林扒、孟楼、半店，攻向老河口；（2）第86旅团由白河向西经穰东、高台庙、文渠、半店、九重、泉店，攻向李官桥。

按照部署，日军85旅团独立步兵第27大队于26日23时30分到达邓州以东地区时，遭到守军第22师一部的阻击，27日凌晨2时，迫近邓州城附近，上午6时与守军约800人进行了激战，该旅团独立步兵第28大队则渡过七里河，采用东西同时攻击的方法，于7时10分别由西门和东门攻入邓州城内，1945年3月27日邓州沦陷。

第86旅团3月26日夜间，经过高台庙，到达邓州城西的七里河，国民党第22师在该地据河岸防守的约有4000人。日军第385大队和第387大队作横式齐头攻击，从半夜战斗至27日2时10分。日军突入七里河西岸22师部队的阵地，5时50分守军后撤，继续西进的日军86旅团，于27日8时20分抵达半店，11点到达九重；28日又于泉店地区与防守的第47军104师、178师发生了短促的战斗；29日，该旅团率两个独立步兵大队，进入了丹江东岸的李官桥。

第110师团接到命令后（3月26日），即以第139联队为右梯队，经镇平攻向内乡、西峡；师团与第163联队为左梯队，经镇平攻向淅川。3月28日，139联队占领内乡，30日占领西峡。4月1日下午，淅川被日军战车第3师团占领，这是河南最后一个陷落的城市。

需要说明的是，日军虽于30日占据西峡县城，但通往西安方向的西峡口则牢牢掌握在中国军队手中，自4月1日至5月18日，日军进攻西峡重阳店、豆腐店、大横岭、马头寨均被守军击退，造成重大损失。此后，双方各修工事，形成对峙局面。

1945年8月15日，日本宣布无条件投降。但因通讯不畅，盘踞在西坪至西峡口一带的日军并不知道，他们依然于每晚10点向中国军队阵地射击半个钟头，中国军队亦回射半个钟头。直到19日上午，日军才向没有接到投降命令的官兵作了传达。20日下午6点，双方在西峡口举行了投降仪式。

有学者认为，西峡口战役是中国八年抗战中的最后一战。